KATRIN PANIER-RICHTER

"MUTSPRINGERIN"

REISEBILDER

Vorbemerkung der Autorin

Sie halten hier den zweiten Teil einer Trilogie in Ihren Händen. Und auch für dieses Büchlein gilt: Wenn eine Literatin schreibt, dann merkt sie manchmal selbst nicht, an welchen Stellen Phantasie und Wirklichkeit verwischen, zusammenfließen und verschmelzen. Sie schnappt Dinge auf, vermengt sie mit dem eigenen Erleben tagsüber und im Traum. Am Ende ist sie in das eigene Werk verliebt und möchte nichts mehr streichen. Dann ist es allerdings bereits passiert: Fabelwesen streifen durch die Geschichten und ähneln tatsächlich existierenden Personen, die sich dann manchmal mehr, manchmal auch weniger geehrt fühlen möchten.

Katrin Panier-Richter, im Herbst 2008 in Berlin

Die Autorin

Katrin Panier-Richter lebt zurückgezogen in Berlin. Am liebsten spaziert sie unerkannt durch die Stadt und sitzt ansonsten in ihrer Schreibwerkstatt. Sie verreist nur ganz, ganz selten, aber wenn, dann mit allen Fasern und Sinnen.

Bisher erschienen von ihr:

"Sex gehört dazu. *Geschichten vom Erwachsenwerden*",
>Schwarzkopf & Schwarzkopf<, Berlin, 2003
"Zu Hause ist, wo ich verliebt bin. *Ausländische Jugendliche in Deutschland erzählen*",
>Schwarzkopf & Schwarzkopf<, Berlin, 2004
"Die schlimmsten Gitter sitzen innen. *Geschichten aus dem Frauenknast*",
>Schwarzkopf & Schwarzkopf<, Berlin, 2004
"Die dritte Haut. *Geschichten von Wohnungslosigkeit in Deutschland*",
>Schwarzkopf & Schwarzkopf<, Berlin, 2006
"Mit einem Bein auf der Couch. *Therapeutengeschichten*",
>Books on Demand<, Norderstedt, 2007
"Stadtstreicherin. *Spazierbilder*",
>Books on Demand<, Norderstedt, 2008

Katrin Panier-Richter

"Mutspringerin"
Reisebilder

Bibliografische Information der Deutschen Nationalbibliothek:
Die Deutsche Nationalbibliothek verzeichnet diese Publikation in der
Deutschen Nationalbibliografie; detaillierte bibliografische Daten sind im
Internet über <http://dnb.d-nb.de> abrufbar.

Impressum

(C) Katrin Panier-Richter
1Auflage, 2008
Titelbild: eigenes Foto, 2008
Umschlag, Satz und Layout: Richter, Berlin
Herstellung und Verlag: Books on Demand GmbH, Norderstedt
Printed in Germany

ISBN 978-3-8370-7347-8

INHALT

»MORGENGRAUEN«

Was, um alles in der Welt, mache ich hier? Und noch dazu um diese Zeit.

Es ist fünf Uhr morgens an einem Montag im Juni. Die letzte Nacht verbrachte ich mit einem unbekannten älteren Paar in einem Dreistock-Liegewagenabteil der Eisenbahn. "Ausgeschlafen zu den Spielen der Fußball-Europameisterschaft ankommen" wirbt die Bahn mit dieser Art der Reise. Ha! Ausgeschlafen! Ich komme noch auf die Einzelheiten zu sprechen. Für den Moment fühle ich mich grau und ausgenuckelt, und es erscheint mir wie eine zusätzliche Folter, daß der italienische Busfahrer, an den ich mich nun ratsuchend heran pirsche, aussieht wie Yul Brunner auf Urlaub. Ich weiß nicht, kennen Sie Yul Brunner noch? Jenen Westernhelden mit dem sensiblen Mund und dem klugen Blick; einen der vermutlich sexiest Glatzköpfe der Menschheitsgeschichte. So federt jener erste frühe Tessin-Kontaktmann auf mich zu. Braungebrannt, einen willensstarken Zug um die Lippen, grüne, auf mich zielende Augen, sehnige Gestalt.

Nie habe ich mich weniger wie eine Frau gefühlt als jetzt. Rieche ich so, wie ich denke, daß ich rieche? Ich bin nicht aus den Jeans, T-Shirt und Überkleidchen heraus gekommen heute Nacht. Ich habe nicht geduscht, mir nicht die Zähne geputzt, und vor einer Viertelstunde stellte sich die erste halbe Tasse Morgenkaffee wieder vor. Die Neigetechnik jener schnellen Züge im Gebirge macht mich wahnsinnig und bringt mich jedes Mal aus meinem Gleichgewicht. Die Konstruktion meines

Gepäcks ist wackelig und provisorisch. Mein kleineres Badezimmer-Utensilien-Köfferchen habe ich heldinnen- aber laienhaft mittels eines alten, ausgeleierten braunen Gürtels mit dem größeren abgeschabten Koffer ver- bunden. Ein schwarzes Türmchen, das ich als ganzes Ensemble auf quietschenden, scheppernden Rollen hinter mir her ziehen kann – falls die Straße eben ist und nicht zum Beispiel gepflastert. Meistens klemmt auch irgend- wo ein Steinchen zwischen den Gummirädern, so daß ich im Stillen jenen Zeitgenossen zustimmen muß, die mich vorwurfsvoll anschauen. Sie haben ja recht damit, sich zu ärgern über das lästige Geräusch, den nervtötenden Lärm, und darum schäme ich mich auch ein bisschen vor mich hin. Über diesen Punkt bin ich allerdings lange hinweg, an jenem Morgen, kurz nach fünf, am Bahnhof von Locarno in der italienischen Schweiz.

Ob dies die Linie nach Ascona sei, frage ich, möglichst an ihm vorbei hauchend, den Bus lenkenden Yul Brunner. Streng schaut er mich an. Mit entschiedener Geste weist er die Straße herunter, um die Kurve, hundert Meter. Dort sei ich richtig. Nummer 31, nicht 21! Er habe Brissago zum Ziel, da stehe es doch, hätte ich ja lesen können. Wenn er mich jetzt anherrscht, daß ich gefälligst italienisch sprechen oder mich als Frau verschleiern soll und nicht so dreist am ganz frühen Montagmorgen mutterseelenallein irgendwo mit lächerlichem Gepäck und strengem Körpergeruch in der Fremde herumstehen – wenn er DAS jetzt sagt und mich barsch anfährt, dann fange ich an zu weinen, das weiß ich genau. Ihm muß das auch aufgefallen sein, denn als ich nun schüchtern hinzu- füge, ich wolle ja nicht direkt nach Ascona, sondern nach Moscia, und das liege doch gewissermaßen auf seiner, der Strecke nach Brissago, nur eben *durch* Ascona hin-

durch, in voller Länge der Stadt; man habe es mir jedenfalls so ähnlich beschrieben, da knurrt er: "Mit dem Auto
vielleicht! Aber okay, steigen Sie ein. Dort, in der Mitte,
da geht es am besten." Dankbar , weil er mich nicht
angeschrien hat, schleiche ich zur abgesenkten Rampe
seines Busses, schaffe es tatsächlich, Koffer-
Konstruktion, Rucksack, Leinentasche, die ich am
Riemen quer über die Schulter trage - und mich selbst in
den Bus hinein zu bugsieren, uns alle miteinander in
einen Sitz fallen zu lassen, Trost suchend am gelben
Schal zu zitzeln und inbrünstig zu beten, daß mir auf der
Fahrt nicht noch einmal schlecht wird.

Nicht auszudenken, was geschähe, würde ich dem
italienischen Yul Brunner am Beginn der Montagsschicht
in seinen fahrbaren Arbeitsplatz kotzen! (Ich habe wirklich lange überlegt, ob ich als Literatin "kotzen"
schreiben darf. Aber wissen Sie ein anderes, treffendes
Wort für diese menschliche Regung?) Eine Westernszene
steigt in mir hoch, untermalt von Ennio Morricones
"Spiel mir das Lied vom Tod". Breitbeinig baut er sich
vor mir auf, die schöne Hand locker am ledernen Futteral.
Eine Sandhexe fegt über die staubige Straße, die Luft
flirrt vor Hitze. "Sollst du als Frau so ungekämmt vor mir
erscheinen?", fragt er mich Zitternde bedrohlich. "Nein",
wage ich zu antworten und halte mit einer Hand meine
ebenfalls um den braunen Gürtel herum schlotternden
Habseligkeiten in der Senkrechten. "Sollst du würgen in
meinem Bus?" Ich schüttele vorsichtig den Kopf, damit
ich nicht schon wieder etwas in meinem Inneren durch-
einanderbringe. "Sollst du deinen Platz nicht kennen und
statt dessen zur Unzeit als Frau allein ohne männliche
Begleitung unterwegs sein?" Eine Antwort ist über-
flüssig. Bevor ich erfahre, wie die Geschichte ausgeht –

ob ich standrechtlich erschossen werde oder nicht –
wache ich aus meinem Sekunden-Erschöpfungs-
schlummer auf und bin da. Moscia heißt die Haltestelle.
Also doch! Er fährt da durchaus entlang, mit seiner
Nummer 21. Ich beeile mich, auszusteigen, werfe die
Koffer mehr als ich sie trage, bin froh, als ich in der
Sonne stehe, alles Gepäck heil neben mir – und den
letzten Rest des Kaffees, Gott sei Dank, immer noch *in*
mir.

Ich bin da.

»AUFBRÜCHE«

Auch früher bin ich schon gereist. So ist es nicht. Ich bin kein Greenhorn, das die allermeiste Zeit des Lebens unter Verschluß gewesen ist. Auch, wenn das immer noch gewisse Leute denken von uns, den Hervorgegangenen aus einem gesellschaftlichen Experiment, das ich gern "das verträumte Land" nenne. "Verträumt", weil ich danach ziemlich unsanft aufgewacht bin. Ich weiß, er ist nicht hieb- und stichfest, dieser Ausdruck "das verträumte Land". Gar kein Problem, mich deshalb politisch unkorrekt, historisch nicht genau, moralisch verkürzt oder ignorant-naiv zu zeihen. Ich bleibe trotzdem dabei. Es hat lange genug gedauert, bis ich ein wenig humorvollen Abstand bekam; bis nicht mehr ich einzelne Frau die ganze Last des Unrechts auf meinen schmalen Schultern trug. Bis ich mich nicht länger schuldig fühlen mußte, weil meine Süßen in Kinderkrippen gingen, sie dort zusammen mit ihren kichernden Kumpels auf dem Töpfchen hockten; weil ihnen noch erzählt wurde, wer Ernst Thälmann war; weil mein Söhnchen stolz eines der letzten blauen Pionierhalstücher trug, oder weil Menschen damals in Gefängnissen gesessen hatten, ja auch das! Ich litt unter schlechtem Gewissen, jahrelang; Dingen wegen, für die ich nichts konnte, die ich nicht verursacht oder – falls doch – so jedenfalls nicht gewollt hatte. Sie wünschen sich jetzt nicht wirklich, daß ich Ihnen den ganzen Marx und Engels darlege – samt meiner Analyse dazu. Es ist nur so: Manchmal fällt mir der letzte Blick des unsäglich stotternden Staatsmannes wieder ein, als er abgeführt wurde in sein allerletztes Exil auf Erden. Letzter Blick zurück unter der Krempe des sommerlich-beigen Strohhuts. "Nun kann ich euch auch nicht mehr helfen", schien dieser Blick zu sagen, der mir nicht reuevoll vorkam. "Das hatte ich schon mal, was ihr jetzt unbedingt erleben wollt.", lag in dem Blick – und eine gute Absicht, die grotesk daneben gegangen war. Alles auf Anfang und noch einmal von vorn. Aber, bitte, nicht mehr mit ihm, dieser nächste Versuch; da empfiehlt er sich, aufrecht und trotzig. Sieht nicht ein. Sieht weg. Blick nach vorn. Die Venceremos-Genossen sind die einzigen, die ihn jetzt noch auffangen, die mit ihm, dem vor kurzem so Verehrten, noch etwas zu tun haben wollen.

Es bleiben ein Rücken, eine Strohhutkrempe und dieser gescheiterte Versuch.

Heute ist das legendäre Land für mich eben verträumt, in der freundlichen Rückschau. Was kann ein Land dafür, wenn einer keinen Frieden machen mag in sich selbst? Tausend Kilometer fort von daheim, mitten in der italienischen Schweiz, ein Teil von Tischgemeinschaften, konnte ich entspannter von alledem erzählen als es hierzulande möglich ist. Dort gab es kein strenges Verurteilen, dort kochten nicht Gefühle hoch, dort wollten sie tatsächlich etwas von mir wissen. "Schöne Idee", sprachen sie nickend aus, was früher, zu Hause bei Sippentreffen und verstohlen auf Redaktionsfluren, auch gesagt wurde, und was man öffentlich nicht wiederholen durfte. "Schöne Idee. Nur schade, daß der Mensch an sich dafür nicht reif ist." So sprachen die Schweizer. So sprach mein Onkel Kuno. So tuschelten die Kollegen.

Und ich weiß immer noch nicht, wer die Guten sind und wer die Bösen. Aber ich greife schon wieder vor.

Was ich eigentlich sagen wollte:

Natürlich bin ich früher auch schon verreist. Aber so wie dieses Mal noch nie!

Ich zeltete in der Tschechoslowakei mit ihrem scharfen Becherovka, versank in Ungarn im Plattensee und im Aprikosenschnaps, ließ mich von der bulgarischen Sonne so dunkelbraun brennen, daß mich danach mein eigener Freund nicht mehr erkannte. Fuhr Ende der Achtziger mit einem Freundschaftszug – einem der letzten vermutlich – in die Sowjetunion und konnte meine ehrgeizigen Tonband-Interviews und – Mitschnitte danach in den Papierkorb laufen lassen. Dort gab es schon Glasnost und Perestroika, Durchsichtigkeit und Umbau der Gesellschaft, hier noch nicht ganz. So wurde keine Radiosendung draus. Aber wenigstens habe ich meine Kassetten auch nicht jenem forschen Drahtigen vorgespielt, der das kraft seines Zentralrats-Amtes in der Eisenbahn von mir verlangte. Der dann später gerade noch rechtzeitig eine rasche Republikflucht in seinen Lebenslauf einbaute, um heute Talkshow-wirksam davon berichten zu können, weil er inzwischen wieder ein kräftiges öffentliches Amt sein eigen nennt. Ich gönne es ihm. Aber meine Gespräche von damals, die kriegt er nicht! Ein bisschen Stolz muß sein.

Nach der Großen Zeitenwende war ich in Österreich (Obstler unterm Nußbaum) und in Dänemark – dort dann schon unter dem Einfluß von starkem Kaffee mit Traubenzucker. Die Kinder mußten in der Schule etwas zu erzählen haben – mein schönstes Ferienerlebnis – darum war eine Urlaubsreise unumgänglich. Natürlich machte sie auch Spaß. Enger wuchsen wir zusammen, erfanden beim Wandern "Dolina, die Waldfee" und erinnerten an "Janosik, den Helden der Berge".

Auch mein erster Versuch des Wiedergutmachens führte auf Reisen. Nach London mit dem Söhnchen, nach Malta mit dem Töchterlein. Nur Mutter und Kind, jeweils für eine Woche. Mag sein, daß das ein Anfang war. Mag sein, die Kleinen hätten solcherart Entschuldigung von mir gar nicht verlangt. Was für sie viel mehr zählte, war die zum Stillstand gebrachte unsympathische Krankheit. War die gesundende Mutter, das sich entspannende Klima. Nichts anderes brauchten sie. Aber ich meinte, ich müsse jetzt sehr viel tun, mich ungeheuer anstrengen, Berge versetzen, um – was ich angerichtet hatte – halbwegs zu reparieren. Na ja, am Ende ist egal, warum. Die beiden Ferienwochen im Ausflug – alte Eule mit Nachwuchsgeschwirre – sind schön gewesen, aufregend auch und taugen allemal als innige Erinnerung.

Auf allen Reisen fing ich immer wieder an, zu grübeln über mein summendes, brummendes Grundthema: Wo ist mein Platz im Leben? Diese Suche nahm kein Ende, und im Wegfahren, Loslassen, Abstand bekommen begann ich vielleicht sogar – nicht nur zu suchen – sondern unmerklich, in Baby-Stolperschrittchen, allmählich auch zu finden.

In Südfrankreich waren wir dann schon nur noch zu zweit. Ein Gefühl wie ein neuer Mantel, der zwar sehr teuer war, auf den ich mich lange hin gefreut hatte; der aber im Tragen noch ein wenig kratzt und schuppert in der Herzgegend und auf den Schultern. Wo doch der Trubel mit Familie so gewohnt war, bis dahin, konzentrierten wir uns nun nur noch aufeinander, nahmen uns ganz anders wahr als in der Vater-Mutter-Rolle; hatten beinahe zu viel Zeit, Stille und Raum auf einmal. Beäugten uns scheel, stellten alles in Frage, trennten uns probehalber und kamen am Ende aller Kämpfe aber doch wieder herztiefer zusammen.

Den Göttern der Liebe sei dank!

Oui, ma Cherie, Frankreich, das so gelobte Land der Lebenskunst, mit dem sich seinerzeit auch der unsäglich stotternde Staatsmann gern verbündet hatte. Dort achtete ich schon sehr genau auf das, was es in Restaurants zu essen gab. Ich lernte, in der Landessprache zu fragen, ob auch kein Hochprozent enthalten sei – und erntete erstaunte Blicke. Ja, ja, man denkt immer, sie hätten es dort besser im Griff. Jedoch, die Anonymen Alkoholiker, die gibt es auch in Montpellier, Paris oder Lyon.

Von allen meinen Reisen gibt es eigene Tagebücher. Die hole ich gern vor, wenn Sonntagsfrühstücke mittags um Zwölf noch kein Ende nehmen und ein gewisser Leerlauf eintritt. Satt ist man ja, geredet hat man eigentlich auch, mehr als genug; nur aufstehen mag man noch nicht, nicht diese wärmende Familienhülle jetzt schon verlassen. Dann sind sie der Hit, meine alten Kladden mit den eingeklebten Fotos und den schrulligen Geschichten, die das "Weißt du noch?" und das "Mensch, das war doch damals, als ..." lostreten. Ich weiß nicht, ob diese Notizen für Bücher taugen; für dieses hier jedenfalls nicht. Ich möchte mich nur vorarbeiten zu meiner Mutspringerei; will versuchen, Ihnen zu erzählen, warum ausgerechnet diese Reise für mich so etwas Besonderes war und ist. Es geht nicht um das Ziel allein; die Schweiz ist schließlich nicht Tansania, Indien oder der bolivianische Dschungel. Wobei ich denke, daß das keine große Rolle spielt. Ein fremdes Land, egal, wie weit entfernt von zu Hause, ist immer eine Neusortierung. Vorausgesetzt, man lauscht nicht nur nach außen, sondern auch nach innen. Hört sich an, wie die eigene Seele zur ungewohnten, anderssprachigen Melodie mitpfeift.

Das habe ich getan, dem wollte ich mich bei offenem Visier und mit allen Sinnen stellen. Ich habe mir das eigene Innere, all meine Furchtsamkeiten und Gespenster – aber auch das Lebensfrohe, Kühne – auf einer neuen Leinwand angeschaut. Ich tat es ganz allein und ungestört. Es war nicht der Kinder wegen, für keinen äußerlichen Zweck; nicht für die Zweisamkeit, nicht für den Beruf, meine Karriere. Es war einfach nur für einen einzigen Menschen auf der Welt: für mich.

Das hatte ich noch nie gemacht.

»BLICK AUF DEN SEE«

Was ist so einzigartig am Wasser? Es hat mit meinem Sternbild zu tun, okay. Aber das kann nicht allein die Erklärung dafür sein, daß ich mit Blicken eintauche und wegdrifte, wo immer ich an einem Strand, an einem Ufer sitze, vor mir Wellen und Weite, in den Ohren ein magisches Flüstern, das mich einfängt. Es ist unmöglich, dort etwas zu tun, zu lesen oder zu schreiben. Es ist ein Vollzeitjob, einfach nur so zu sitzen und zu lauschen. Mir wird nicht langweilig dabei, ich vergesse die Zeit. Dasein, sehen, hören und riechen, das genügt vollauf. So ist es auch jetzt. Weiß der See, wie sehr er mich tröstet?

Der Mensch ist sehr verletzlich, wenn er – beziehungsweise sie – alleine unterwegs ist, in eine unbekannte Ferne reist. Wie weise würde sie jetzt nicken, meine Tochter, die das schon länger kennt als ich, weil sie Sprachen lernt und studienhalber schon in jüngeren Jahren in fernere Länder mutgesprungen ist. Vielleicht, daß ihr ein tapferes Mütterlein gut tut? Als Vorbild in Gedanken? Sie brauchen doch so dringend Orientierung, die Jüngeren, nicht als Belehrung, sondern in menschlicher, lebendiger Gestalt.

Da haben wir es wieder. Ich bin doch hier, um mir selbst wohl zu tun, nicht für meine Tochter, meinen Sohn, um irgend wem ein Beispiel zu geben. Falls doch, soll es mir recht sein. In meiner Hand jedoch, da habe ich es nicht.

Seufzend richte ich mich bequemer ein im schwarzen Kunstleder des Sessels. Ich sitze in der Bibliothek der Casa Moscia, einem luftigen, hellen Raum, dessen eine

Wand aus gutem Grund ganz aus Glas ist. Sie zeigt auf den Lago Maggiore in seiner ganzen Pracht. Hier bin ich nun und schaue. Vor vierundzwanzig Stunden habe ich mich noch unruhig in meinem Berliner Hochbett gewälzt. Ich wollte doch ausschlafen, Kraft sammeln für die Reise, ausgeruht auf große Fahrt gehen. Aber es ging nicht. Man nennt es Reisefieber, aber meine Körpertemperatur war sicher ganz normal. Bloß eben die Nerven. Sie zeigten ungeschützt nach außen, empfingen jede Schwingung pur, vibrierten beim allerwinzigsten Signal. So stand ich auf, für mich zur Unzeit, an einem frühen Sonntagmorgen. Schlich zur Kaffeemaschine, dann zum Tagebuch. Zündete ein Räucherkerzchen an und startete in meinen Trott, der mir so sehr vertraut ist. Da waren es noch elf Stunden bis zur Abfahrt des Zuges, und ich befand mich bereits in allerhöchster Alarmbereitschaft. Das alles scheint jetzt, vom Tessin aus, Jahre her zu sein. Manchmal liegt in einem einzigen Tag die ganze Welt. Oder vielleicht ist es immer so, und ich mußte erst allein verreisen, um es so deutlich zu spüren.

Es gab eigentlich gar nichts mehr zu tun, und doch durchstreifte ich unsere Zimmer immer und immer wieder. War längst nicht mehr in der Lage, fernzusehen, im Internet zu surfen, geschweige denn, zu lesen. Ich war allein, war ganz bei mir und fragte mich, wieso ich von hier fort wollte.

Und wenn es das letzte Mal wäre? Das letzte Mal, daß ich diese Wohnung mit meinen Füßen liebkose, zum zehnten Mal das Gas kontrolliere – ist es auch wirklich AUS? – an allen Fenstern rüttele – sind sie auch wirklich ZU? – daß ich im Stillen alle Schutzgeister bitte, in der Zwischenzeit, in meiner Abwesenheit alles hier zu bewachen?!

Später im "Sprinter", dem durchgehenden Zug der Deutschen Bahn von Berlin nach Frankfurt, werde ich aufschrecken bei der bangen Frage meiner inneren Nörgelstimme: "Habe ich eigentlich auch die Kaffeemaschine ausgeschaltet? Oder glimmte da immer noch das rote Lämpchen ..." Das ist typisch. Eine Sorge hat sich in Wohlgefallen aufgelöst – ich sitze endlich im Zug, die Reise ist im Gange – und eine neue Sorge steht schon in den Startlöchern. Ob das jemals aufhört?

Und wenn es nun das letzte Mal wäre! Wir waren so glücklich hier. Manchmal weiß ich das nicht. Ab und zu ist mir langweilig; vergesse ich den Sinn unserer Rituale. Mittwochs Yoga, sonntags Sauna, dann der Fernsehkrimi, dienstags Kino. Aber jetzt, wo ich loslasse, wo ich all das zurück lasse, wo ich ein allerletztes Mal allein unser Rückzugs-Territorium, unser gemeinsames Lebenszentrum durchmesse, da ist er mir kostbar, unser Alltag mit all seinen unscheinbaren kleinen Gewohnheiten und Eckpfeilern. "Soll ich noch einen Salat beim ‚Türkmann' holen?", "Wollen wir noch mal am Baum vorbei gehen?" Die Guten-Morgen-Zettelchen, die für mich da liegen, wenn der Geliebte schon zur Arbeit ist, der vorbereitete Kaffee, mein Gute-Laune-Mann, der mir manchmal so auf die Nerven geht mit seiner sprühenden Energie, seinem Frohsinn. Nein, ich bin noch lange, lange nicht fertig damit. Nicht mit dem Mann, nicht mit dieser Liebe, nicht mit dem Leben in diesen Räumen. Bin nicht bereit, das aufzugeben, wie es ist. Hab diesen Kelch noch nicht geleert. Wie wird es sein, das Gefühl, wenn es eines Tages soweit ist? Wenn es tatsächlich der letzte gemeinsame Kaffee, der letzte Spaziergang, das letzte

Lächeln unterm Eichenbaum, der sogar eine eigene Adresse hat – Mosischstraße 9 – also, wenn es wirklich und unwiderruflich das letzte Mal gewesen sein wird?! Wie wird das sein? "Alles, alles, gibt's ein letztes Mal", habe ich schon vor Jahren gern mitgesungen zum Lied von Gerhard Schöne. Und noch lauter schmetterte ich mit ihm zusammen die Quintessenz seines Songs: "Drum was du erlebst, erleb es total. Denn alles, alles, gibt's ein letztes Mal." Es ist *eine* Sache, das zu singen – noch dazu unter Einfluß von Miramaro-Wermutwein vielleicht – und es ist eine völlig *andere* Sache, das bei offenem Visier und nach außen verlagerten Nervenenden zu fühlen, es ehrlich zu empfinden. So wie ich jetzt, an diesem einsamen Sonntagvormittag in unserer Wohnung, die schon von mir Abschied genommen und sich zur Ruhe begeben hat. Nein, ich bin nicht dafür, daß das schon alles gewesen sein soll, ich stemme mich gegen diese Vision. Ich kann und mag sie mir nicht vorstellen. Ich lasse los; lasse diesen Ort, lasse dieses vertraute – und in seiner Vertrautheit mich beschützende Leben los. Aber nur für eine Weile. Vorübergehend.

Das bringt eine Art schwerelose Verletzlichkeit mit sich; wenn das Altbekannte bereits losgelassen ist und das Neue noch nicht in Sicht. Ich bin abgesprungen und habe noch nicht wieder Fuß gefaßt. Da kann man schon mal den Halt verlieren. Es muß sich erst zeigen, was trägt. Die Dinge werden es wohl nicht sein. Was aber dann?

Ich habe es irgendwie geschafft, unser Haus zu verlassen, nach der x-ten Kontrolle des Gasherdes und dem tausendsten tiefen Ausatmen; viel zu dick angezogen, mit meinen viel zu laut rollenden wackeligen Köfferchen-turm, der an einem Sommersonntagmittag die Leute auf die Balkone holt. "Gute Reise!", winkt mir meine freundliche Nachbarin zu, und ich schluchze fast. Wir leben so gut und so friedlich miteinander in diesem dörflichen Kiez, in meinem Altberliner Mietshaus; wonach, um alles in der Welt, will ich denn woanders suchen? "Erweitere dein Gebiet", hat mir meine lebenskluge Freundin aus der Bibel zitiert, und ich, die jenes Buch immer noch nur auszugsweise kenne, hörte ihr begierig zu und gab die Wortgruppe gleich bei meiner bevorzugten Internet-Suchmaschine ein. "Erweitere dein Gebiet, sei frei wie ein Vogel!" spuckt sie aus. Selbst das kuscheligste Nest kann zu eng werden, noch so verträglich gebaute Gewohnheiten können lähmen und erdrücken. Also reiß dich los, spring über den Rand und laß dich fallen, um zu erleben, was oder wer dich dann auffängt.

Das ist ein guter Grund, jetzt weiter zu gehen, mitsamt meiner schrammeligen Bagage. Am Ostbahnhof beende ich die erste Etappe meiner Reise in der Mitarbeiter-Kantine "Mediterraneo" der Deutschen Bahn. Ob das Restaurant schon immer so hieß, oder extra für mich, nur heute, so benannt wurde, als Vorgeschmack auf südliche Gefilde? Egal. Wichtig ist: Hier kann ich mein Gepäck unbeaufsichtigt stehen lassen, ist ja keiner da, der sonst für mich aufpassen würde. Ich kann zu freundlichen Preisen Mittag essen und bin unsichtbar genug, daß die dunkelblau Uniformierten am Nebentisch nicht glauben, flüstern zu müssen. Sie sind in Hochstimmung und reißen Witze über ihren Tellern. "Sag mal, erinnerst du dich noch, wie das früher immer gerochen hat, wenn man ein Westpaket aufmachte?", gluckst eine Frau im Thüringer Dialekt ihren Kollegen entgegen. Von allen Seiten wird genickt, grinsend. "Na klar, wie könnte ich das je vergessen! Wie im Intershop, nur intensiver. Irgendwie rosarot und parfümfrisch, nach angenehmer Chemie, so duftete das, ganz unverkennbar westlich." Ich nicke versunken mit. Ja, ich erinnere mich auch. Das Westaroma, klar!

Und nun die Frau, die die Frage gestellt hat: "Was meint ihr, ob wir heute alle so riechen? Und merken es nur gar nicht mehr ..." Schallendes Gelächter. Ja, kann schon sein. Wir riechen heute alle so und merken es nicht mehr.

Ich Unsichtbare hole mein Notizbüchlein heraus und schreibe mit. Das ist zum Beispiel etwas, das mich immer und überall trägt. Ich schreibe. Wo ich auch bin, wie es mir geht, was ich tue oder unterlasse, man kann mir alles wegnehmen, so lange ich nur Stift und ein Blatt Papier haben darf. An diesem Mittagstisch, nach dem Gurkensalat, kritzele ich zum Beispiel dies:

"Ich zelebriere jeden einzelnen Moment dieser Reise, dieses Mutsprungs, der für mich viel mehr ist als "nur" eine Reise. Ein Loslassen auf der ganzen Linie. Ich bin viel zu früh, aber ich hätte es vorhin keinen einzigen Augenblick länger in unserer leeren Wohnung ausgehalten. Es war alles getan, und ich fühlte mich allein mit den Hausgeistern, die mich nun auch nicht mehr duldeten – und wurde immer flügellahmer. So ging das nicht mehr weiter. Da brach ich einfach auf. Ließ noch kurz ein Gebet zurück und einen kleinen Text über das Glück in diesen Räumen, dann ging ich los. Wahrscheinlich mit viel zu viel Gepäck. Who knows? Wer weiß das schon?! In der Schweiz soll ganz anderes Wetter sein als in Wüsten-Berlin. Hier hat es seit mehr als sechs Wochen nicht mehr geregnet, dort erwartet mich kühle Nässe, vielleicht tropisch. Habe ich also doch ganz richtig gepackt? Wir werden sehen. Wer viel zu tragen hat, muß langsam gehen, in ganz kleinen Schrittchen. Ach, Liebster! Sonst trägst du immer alles, was ich zu brauchen scheine. Trägst meinen Koffer, meine Tasche, bist an meiner Seite, einfach da, wie selbstverständlich. Du siehst dir heute Abend das erste Europameisterschafts-Fußballspiel der Deutschen in Klagenfurt an, direkt im Stadion. Ich fahre die ganze Nacht mit dem Zug.

Wer alleine reist, ist auf die Freundlichkeit seiner Mitmenschen angewiesen. Die Essensausteilerin am Schalter eben, die war freundlich. Sie gab mir eine halbe Portion, die für mich trotzdem reichlich war. Spiralnudeln mit Pilzgulasch, und meine Zahnbrückenmacke ist in vollem Gange. Wie immer, wenn diffuse Ängste mich heimsuchen, puckert unter der Konstruktion links oben in meinem Mund ein Nerv. Ist es überhaupt ein Nerv? Oder der Zahn selbst, gar der Kiefer oder der gesamte Kopf? "Gleich fällt alles raus", will der Angstdämon mir einflüstern. Meine Freunde kennen schon die Bitte, immer, wenn gefragt wird, was es denn zu essen geben soll, wenn sie für mich kochen: "Egal, Hauptsache etwas Weiches." Aber die Zähne blieben immer drin, auch jetzt, auch heute. So bin ich guten Mutes, daß sie vollzählig diese Reise mit mir unternehmen – und wieder zurück. Danach sehen wir weiter."

Wenn das Zahnfleisch zurück geht, wo geht es dann hin? Brauche ich mehr Biß im Leben und mehr Urvertrauen, wenn der Kiefer elektrische Signale sendet, die Krone Radiosender empfängt? Stehe ich mir selber auf den Füßen, wenn ein Hühnerauge am Zeh drückt? Soll ich aus der Hüfte kommen, weil es in der linken Poposeite ziept?

Das sind Fragen, wie sie mich beschäftigen. Ich gehe nicht zum Arzt damit, sondern ich gehe in die große weite Welt.

»DIE STRASSE ZUM PARADIES«

Diese Welt gehört den Autofahrern! Fußgänger sind nicht vorgesehen. Schon merkwürdig, daß ich das vollkommen anders sah, als ich selber noch mein Opelchen gesteuert habe. Gern würde ich jetzt behaupten, es sei ein Exemplar der Ausführung "Ascona" gewesen, wegen des brachial-subtilen Vergleichs zu meinem jetzigen Aufenthaltsort. Jedoch, ich fuhr damals einen "Astra", zu jener Zeit in meinem Leben, als ich dazugehören wollte, als ich mit Führerschein, gefärbten Haaren, Schminke im Gesicht, hochhackigen Pumps an den Füßen und Karriere-Willen im Herzen mein Land durchpflügte. Das ist einige Jahre her, der Astra ging an meinen Sohn über, ich fahre nur noch öffentlich und lasse meine Haut und Haare, wie sie sein wollen. Was nicht heißt, daß ich ohne Eitelkeit bin, nein, das nicht! Aber vielleicht auf dem Weg zu einem "Weniger ist mehr", wie es für mich paßt. Allerdings bringt mich das auch in solche Lagen wie jetzt, am Straßenrand der Via Moscia am frühen Junimontag-morgen.

Diese Straße, über die ich muß, scheint mir extrem gefährlich. Schmal schlängelt sie sich bergan, in halber Höhe der Felsen, mit Blick auf den gleichmütigen See. Es gibt keinen Sandstreifen, der den Asphalt einfassen würde, geschweige denn, einen Bürgersteig. Wer hier entlang laufen oder gar den Damm überqueren will – noch dazu mit einem wackeligen Kofferturm – der riskiert sein Leben. Ich muß aber hinüber, denn auf der anderen Seite winkt das Hinweisschild zur "Casa Moscia" und weist einfach nach unten, in einen grünen Wust, den ich nicht durchdringen kann. Ein Stück

Geländer ist zu sehen, der Wegweiser, Exoten, Palmen und sonst nichts. Das soll sie sein, die Ferienanlage "mit Weitblick und Tiefgang"? Im Internet sah sie viel größer aus, weiträumiger. Sie scheint mir zuzuwinken: "Gehen Sie einfach über den Rand, dann betreten Sie wundersamerweise eine andere Welt, ein unverhofftes Paradies. Der Eintritt kostet Ihren Mutsprung durch diese röhrenden, brausenden Porsches, Benze, Motorräder, Roller, Wohnwagengespanne, rumpelnden Pickups." Einer transportiert auf seiner Ladefläche sogar einen ganzen, ausgewachsenen Baum, stehend, halbwegs festgezurrt. Die Krone wiegt sich abenteuerlich im Fahrtwind, was den Fahrer nicht dazu zu bewegen scheint, auf die Bremse zu treten. Warum auch! Es ist ja sein Revier, diese Kurvenbahn, nicht das des Ahorns, der sich ängstlich auf dem Laster festkrallt, und schon gar nicht das meine. Ich bin der Fremdkörper, muß mich um mich selber kümmern und sehen, wie ich mein fernes Ziel – die andere Straßenseite – erreiche. Wahrscheinlich wird mir das nie gelingen, und ich mache Ferien im Bushäuschen, aber mit Blick auf den Lago!

Einen Tag später soll ich erfahren, daß es ein Stückchen weiter oben auf der selben Straße, diesem Raubtier, aus gutem Grund eine Passerelle gibt, einen Übergang aus Edelstahlgittern mit Treppenstufen und sensationellem Blick auf Seine Majestät, den See.

Bei meiner Ankunft nehme ich den schweren Weg, und ganz ehrlich: Ich habe keine Ahnung, wie ich es am Ende doch geschafft habe, heil und mit vollständigem Gepäck von hüben nach drüben zu kommen, den Abgang in den Garten Eden zu finden und mit jedem Schritt, begrüßt von um meine müden Füße huschenden Salamandern, ein

wenig mehr der alten Welt zu entfliehen, in eine neue ein-
zutauchen. Natürlich schiefe Steinstufen, ein botanischer
Urwaldgarten, und dieses flinke, geschmeidige
Begrüßungskomitee der Mini-Echsen. Schon hüllten
mich Blättervorhänge ein, Zweige, Fächer, Wedel; es
wurde kühler, und die Pflanzen wiesen mir den Blick auf
den Lago Maggiore. Dort tanzten Feen um eine kleine
Insel, die mich an mein verwunschenes Fischreiher-
Eiland zu Hause auf der Spree erinnerte. Die trans-
parenten Mädels kannten keine Sucht nach irgendwas.
Sie waren einfach da und mit sich selber einverstanden.
Es genügte schon, daß sie nur lächelten, was sie jetzt
taten, und daß sie mir freundlich zuwinkten. "Nun laß uns
mal und konzentrier´ dich auf das Naheliegende", gaben
sie mir den nächsten Gedanken ein, und ich gehorchte.

Wie hingeworfen fügten sich ein paar geduckte Häuser in
die Natur ein. Ich ließ mich leiten zur Piazza, dem Haupt-
platz, dem dörflichen Zentrum. Türen standen zu allen
Seiten offen, und ich nahm die, die sich mir bot, ohne
weiter nachzudenken. Inzwischen war es mir egal, ob
meine Gepäckkonstruktion halten würde. Achtlos zerrte
ich sie hinter mir her. Soll es kippeln, wackeln,
meinetwegen fallen. Wozu brauche ich all diesen Ballast,
wenn ich jetzt doch in diese andere Welt eingehe?!

Als würde ich mich bereits hier auskennen, steuere ich
die Bibliotheksveranda an, mit ihrem Wasserblick durch
wandhohes Glas. Haben mich all die Bücher hier her
gerufen oder doch der See? So kam ich an, so sitze ich
hier und werde erst einmal zum Punkt im Universum. Ich
staune, schaue und staune. Nichts anderes ist jetzt mehr
wichtig. Mein Kopf tut weh, mein Magen ist noch wund;
ich bin im Schwebezustand zwischen wach und müde,

Zustimmung und Widerstand. Da ist gut ausruhen. Ich wundere mich nicht einmal, daß keiner hier zu sein scheint und ich doch – schlüssellos – herein durfte. Als hätte mich das Haus erwartet, als hätte mich der See bereits erwartet.

So kam ich hier her. So landete ich schließlich mit Blick aufs weite Wasser in dem schwarzen Sessel am ganz frühen Morgen. Aber die Idee zu dieser Reise wuchs viel eher und ganz langsam. Das muß auch erzählt werden, weil es merkwürdig genug und bezeichnend war. Offenbar brauchte ich einen ganz speziellen Anlauf, eine Absprungbahn, wie sie nur für mich paßte. Denn wer weiß, ob ich ohne diese rutschige Spur hierher geschlittert wäre. Wahrscheinlich nicht. Wie ich mich kenne, hätte ich gekniffen, wäre zu Hause geblieben, in meinem gemütlichen Schlendrian. Hätte mein selbst erfundenes Image weiter gehegt, das besagt: "Die anderen, ja, die verreisen. Ich jedoch, ich bin schon *da*. Die Ortsveränderung mit all ihren Verwerfungen, die ist meine Sache nicht." Ich hatte mich schon selbst davon überzeugt, hütete die Eckpfeiler meines selbst gebastelten Lebens, weil es mir in ihnen ja gut ging. Wozu soll ich etwas aufbrechen und abändern, in dem ich so verträglich meine Kreise ziehe wie eine schnurrende Katze?! Ein Hexenwesen, ein künstlerisches, lebt in dem Häuschen auf dem Hühnerbein im tiefen, tiefen Wald wie Baba Yaga aus dem russischen Märchen und rührt sich nicht vom Fleck. Die Welt kommt, wenn überhaupt, zu ihr und nicht umgekehrt. So rede ich gern und oft von mir selbst und meinem herausgefundenen, neu eingeübten Lebensstil. Aber dieses Mal, da galt das nicht, und so hobelten die Reisegötter an meinem Eigensinn; schmirgelten harte Kanten, scharfstechende Ecken ab. Sie ließen sich viel

Zeit mit mir, fingen an, gaben nicht nach – und hatten mich am Ende soweit. Wie harmlos hatten sie mich darauf vorbereitet.

»JA‚JA – ODER DOCH NEIN?«

Zum Berufsbild meines Herzallerliebsten gehört das Reisen, Zeit für Zeit. "Wir trennen das und mischen nicht privat mit dienstlich." Das hatten wir zur ehernen Regel aufgestellt, und daran wurde nicht gerüttelt. Aber wie heißt es so schön: Wenn du Gott zum Lachen bringen willst, dann mache einen Plan." Dieses Mal war plötzlich alles anders. Die Bedingungen günstig, die Abwesenheit länger als sonst. Volle vier Wochen, so hieß es, sei der Mann an meiner Seite eingeteilt, den Fußballspielen beizuwohnen anstatt, wie es sich gehört hätte, mir. El Cheffe – selbst ein liebender Mann – verstand den Zwiespalt. Es würde ein Hotel-Doppelzimmer geben, und gegen geringe Ausgleichszahlung dürfe ich das mit benutzen. Die Chance schien wirklich einmalig, und ich robbte mich im Geist langsam – oh so langsam – an mein "JA" zu ihr heran.

Es ist nicht einfach, mir eine ungewöhnliche Idee anzutragen. Siehe oben, mein Baba-Yaga-Syndrom und so. In vielen gemeinsamen Jahren hat der Liebste gelernt, vorsichtig zu sein, diplomatisch. Den ersten Vorstoß unternahm er auf einem unserer Abendspaziergänge, der Friedhofsrunde. Was ich denn davon halten würde... – "Ich habe es gehört und lasse es erst mal setzen." – zog ich mich aus der Affäre. Es arbeitete bereits in mir, und ich wollte unbedingt alles richtig machen. Wenn Ihnen das ein wenig umständlich vorkommt, na ja, das ist es sicher auch. Aber da wissen Sie noch nicht, daß ich in der Folgezeit – um die zwei Monate – umfangreiche Befragungen der Menschen um mich herum durchführte, die Tarotkarten konsultierte; mir eine "Plus" und

"Minus"-Liste anlegte (die auf der "Plus"- also der "Dafür"-Seite sehr viel schneller anwuchs als auf der miesepetrigen; der "ach-was-ich-bleibe-einfach-daheim-und-schreibe"-Spalte). Als ich mich dann endlich zum "okay, ich komme mit" durchgerungen hatte, da stellte sich heraus: Der Platz im Doppelbett des Geliebten war bereits an einen seiner Kollegen vergeben. El Cheffe bedauerte außerordentlich, aber mittlerweile gerieten die Dinge aus dem Ruder. Zu viele Leute organisierten an zu vielen Enden des bevorstehenden Fußballfestes, und da ging ein einzelnes Liebesansinnen – noch dazu mit einer so komplizierten Seele darin wie der meinen – einfach verloren. Ich verstand das! Wenn so viel zu koordinieren ist, wie soll man da noch etwas Privates unterbringen beziehungsweise berücksichtigen. Mir wäre das auch zu viel, würde ich an einer der Schaltstellen sitzen und mit Flügen, Übernachtungen, Taxen, Zugfahrten und anderen Begehrlichkeiten der Kollegen jonglieren müssen. Aber ich saß an keiner Schaltstelle; ich wollte mit reisende Ehefrau sein. Oder doch allein reisende Künstlerin? Was hieß das jetzt für mich? Ein Wink der Götter, daß ich *doch* nicht mein Haus auf dem Hühnerbein verlassen soll?

Wieder startete ich Befragungen, holte die "Plus- und Minus"-Liste hervor, warf Tarotkarten durch mein Zimmer. Schließlich startete ich den Rechner, fand im Internet die Seite für Touristen im Tessin. Bei "Hotels, Pensionen, Zimmer" ging ich ganz pragmatisch vor: vier, drei, zwei Sterne – nein! In Gedanken an meinen Geldbeutel verwarf ich auch den *einen* Stern und ließ mir, nur aus Neugier, die "kein-Stern-Übernachtungen" anzeigen. Und da war sie, die Casa Moscia, die mich aus drei Gründen sofort ansprach: kein Rauch, alkoholfreie Getränke, ein lebendiger, geistiger Anspruch. Beim Weitersuchen kam ein vierter Grund hinzu: Ich konnte es mir leisten, dort ein Weilchen zu wohnen. Der fünfte Grund erwies sich schnell: Meine E-Mail-Anfrage wurde noch am selben Nachmittag und herzlich beantwortet.

Guten Mutes verkündete ich es dem Gefährten: "Jetzt laß El Cheffe mal El Cheffe sein; er hat genug zu tun; jetzt nehme ich die Sache selber in die Hand." Der bewundernde Blick meiner zweiten Hälfte feuerte mich noch mehr an: "Ich buche das jetzt, und dann wird es eben meine Reise. Wenn du Feierabend hast, können wir uns ja dann am Ufer des Lago Maggiore zum Sonnenuntergang treffen." Romantische Vorstellung. Schön wär´s gewesen. Aber, siehe oben, es gibt Höhere Kräfte, die die Fäden ziehen. Ich denke, es gibt einen Gott, und ich bin es nicht.

Ich holte bereits meinen Koffer aus dem Schrank, stellte ihn mit offenem Maul und strategisch günstig in meinem Hüttchen auf, bereit, jederzeit etwas in sich aufzunehmen, was mir gerade in den Sinn gekommen war. Ich ging anders durch die Geschäfte – konnte ich vielleicht noch dies und das gebrauchen, wofür jetzt noch genug Muße wäre, es in Ruhe einzukaufen...? Schließlich war nur noch ein Monat Zeit!

Ich stellte mich ein. Das ist sehr wichtig für mein innerstes Wesen: Es und ich, wir brauchen Zeit. Wir müssen hinein wachsen dürfen in eine neue Lage, wir drehen sie hin und her und geben uns ihr allmählich hin. Ich kann auch Streß und Druck aushalten, vorübergehend; aber wenn ich es mir aussuchen kann, dann habe ich es lieber langsam, fließend, sanft im Übergang und rund im Abgang. Diesen Luxus nahm ich mir, und so wurde ich – sachte, sachte – *eins* mit meinem und vielleicht sogar dem größeren Plan.

Sie ahnen es: Ich hatte wieder falsch gedacht. Wir sollten nicht so anmaßend sein, die Dinge des Lebens verstehen zu wollen. Ich glaube, wir sind hier, um uns zu wundern, uns überraschen zu lassen und im besten Falle daraus zu lernen.

Ich sah es ihm schon an der Nasenspitze an, als er nach Haus kam: Der Liebste hatte etwas auf dem Herzen. Spazierengehen, Händchenhalten, und richtig – er wußte kaum noch, wie er es mir beibringen sollte. Sein Dienstplan hatte sich geändert, und nun war er überall eingeteilt, wo Fußball gespielt werden sollte, nur nicht dort, wo ich war. Überall – in Wien, Klagenfurt, Bern, Genf und wieder Wien – nur nicht in Ascona. Wir würden uns also nicht nur selten sehen können, wir würden einander *überhaupt* nicht sehen! Adé, ihr Sonnenuntergänge am See; jedenfalls uns beide werdet ihr nicht beleuchten. Nicht in diesen Sommertagen 2008.

So. Nun war es raus. Jetzt hatte ich einen Déjà Vu: Schon einmal fand ich mich in einer ähnlichen Lage wieder. Das war drei Jahre her, und damals sollte es auf Große Norwegen-Kreuzfahrt gehen. Eine kleine freundliche Morgenmoderation, und dafür hätte ich die ganze herrliche Schiffsreise zum Nordkap als Honorar bekommen. Das klang verlockend.

Wissen Sie, ich war vor drei Jahren auch nicht wirklich eine andere, als ich es heute bin. Also Befragungen, meine Liste mit den beiden Spalten, Tarotkarten. Damals fing ich sogar mit Yoga an, weil ich mir schlau überlegt hatte: "Noch zwei Termine bis zur Abfahrt, dann hätte ich bei Ablegen des Dampfers schon einige Entspannungsübungen auf dem Kasten und wäre gerettet, falls aufgeregt." Ich wußte damals noch nicht, daß man Yoga nicht einwerfen kann wie eine Pille. Da geht nichts schnell und rasch und schon gar nicht innerhalb eines Crash-Kurses. Wie alle wirklich guten Dinge im Leben dauert auch die Entwicklung positiver Wirkungen in Kopf, Herz und Seele durch Yoga-Üben lange, lange, lange. Aber das wollen wir ja nicht, wir Kinder dieser Tage. Für uns muß es umgehend eintreten, das Gute. Wir wollen Spontanheilung oder keine. "Gott, gebe mir Gelassenheit, aber gib sie mir sofort!", wird gern in den Gruppen des offenen Visiers gewitzelt.

Also, meine Norwegen-Reise. Auch dafür war mein Köfferchen schon zwei Wochen vorher fertig gepackt, ich hatte mich in jeder erdenklichen Hinsicht innerlich und äußerlich gestählt, hatte sogar eine Bücherkiste voraus geschickt, weil mir eine Lesung beim Captains-Dinner oder so versprochen worden war. Abendkleider waren ein "Muß"; na ja, die besitze ich noch in rot, schwarz, weiß und gepünktet aus meiner Standard- und Latein-Tanzschul- und Ballzeit.

Vierundzwanzig Stunden, bevor ein Shuttlebus mich hätte an jenen Hafen bringen sollen, wo das Kreuzfahrtschiff zur großen Fahrt startete, klingelte mein Telefon. Eine nette, distanzierte Dame sprach am anderen Ende der Leitung folgendes zu mir: "Es tut uns sehr leid, aber unser Schiff ist so überbucht, daß wir Ihre Kabine an jemand anderen vergeben mußten." – Bevor es mir die Sprache verschlug, erkundigte ich mich immerhin noch: "Ja, sagen Sie mal, ich soll doch aber einen Job auf Ihrer

Reise tun. Was ist denn nun mit der Guten-Morgen-Gute-Laune-Moderation?" – "Tja, darauf müssen wir nun wohl verzichten. Wenn Sie allerdings noch bis heute Abend warten, dann finden wir vielleicht doch noch ein Bett für Sie."

Jetzt würde ich mich Ihnen gern als entspannte und flexible Abenteurerin präsentieren, aber die war ich nun mal nicht. All das langfristige Darauf-Einstellen, mich detailliert Vorbereiten – von Kaugummis gegen Reise-übelkeit über seidige Hackenschuhe zum Cocktailkleid bis hin zu launigen Einstreuseln; Aphorismen, Kalender-sprüche, Zitatenschätze, in künftig zu bastelnde Moderationstexte; nachdem ich mich von meinen Lieben ausführlich verabschiedet hatte – all das sollte für die Katz' gewesen sein? Und jetzt auch noch zwölf Stunden warten auf ein eventuell frei gewordenes Bett? Vielleicht in der Besenkammer oder wie? Es ist nicht so, daß ich in dieser Hinsicht ein Snob wäre. Ich *habe* auch schon in einer Besenkammer geschlafen und 45 Euro dafür hin-geblättert, so ist es nicht. Das war es mir wert, als ich für eines meiner Bücher in Köln unterwegs war und dort zur Messezeit nur voll belegte Hotels vorfand. Ich schloß mich ein und meine Ohren mit Wachsklümpchen zu – und hatte trotzdem regen Anteil an einem nächtlichen internationalen Bauarbeiterfest auf dem Flur. Jenem Flur, über den ich mußte auf dem Weg zum Klo. Und ich muß *immer* mindestens einmal aufs Klo des nachts! Wenn ich aufgeregt bin, öfter. So gesehen, sind jene wodka-trinkenden, schwadronierenden Rotgesichtigen doch sehr ritterlich gewesen, denn sie ließen mich in Frieden auf-und abgehen und taten mir nichts zuleide. An dieser Stelle einen schönen Gruß an die Pension "Good Sleep" im Kölner Bahnhofsviertel. Morgens gibt es dort einen sensationell starken Kaffee!

Wo war ich stehen geblieben? Ach ja, bei meiner Würde. Denn um nichts Geringeres als diese ging es nun für mich. Ein kurzer Augenblick der Besinnung, dann rief ich meinerseits die distanzierte Dame von der Reederei an und trat – nicht ohne Heldentum im Hinterkopf – von mir aus von der Reise zurück. Wenn sie so mit mir, dann ich nicht mehr mit ihr. Sprach´s, legte auf und holte als erste Übersprungshandlung meine Abendkleider wieder aus dem Koffer, hängte sie in den Schrank zurück. Als Nächstes orderte ich meine Bücherkiste – die bereits auf dem Schiff verstaut war - wieder nach Berlin, stellte die Kosten meinen Peinigern in Rechnung. Als ich genügend Dampf abgelassen hatte, fiel ich folgerichtig wie ein luftloses Schwimmtier in mich zusammen. "Wer weiß, wofür es gut ist", sagen die Alten. Aber wofür, bitte schön, sollte denn nun das hier gut sein?! Soviel Energie – einfach verpufft?!

"Das hat deine Höhere Macht gut gemacht", erklärte mir mein weiser Freund. "Es ging nur um das Darauf Vorbereiten. Die Reise selbst war gar nicht mehr so wichtig. Sei froh, daß sie von dir genommen ist. Wär´ eh bloß Streß geworden."

Daran muß ich jetzt denken, als schon wieder eine Reise baden zu gehen droht. Soll ich etwa zum zweiten Mal üben, wie man sich auf so eine Fahrt vorbereitet? Ich konnte das doch aber schon. Oder hatte ich beim ersten Mal die Prüfung etwa nicht bestanden? – So liefen bange Fragen in mir hin und her – der Liebste war auch reichlich mutlos – und plötzlich hatten wir unseren Baum erreicht, den mit der eigenen Adresse, Sie wissen schon. Jedes Mal an dieser Stelle bleiben wir kurz stehen, schauen nach oben und verraten einander nicht, was wir ihr sagen, der besonderen Eiche. Ich sage meistens "bitte, danke", denn da steckt alles für mich drin. Jetzt habe ich es doch verraten, aber es wird sicherlich kein Unglück bringen. "Bitte, danke" ist das kürzeste Gebet. Natürlich hoffe ich jetzt, daß der Baum mir einen Rat zukommen läßt, in welcher Form auch immer. Ich weiß nicht, ob er es getan hat, und wenn ja, wie und wann. Ich weiß nur, nach dem Drüber Schlafen wußte ich Bescheid: In diesem Sommer reise ich, und zwar allein und zur Not eben auch ohne den Gefährten. Dann ist es jetzt so, wie es ist, und alles mußte so heran dräuen, damit ich es überhaupt tue. Jetzt steht nur noch die Frage: Fußball hin oder her, Geliebter hin oder her – bin ich es mir wert?

Ich entscheide mich. Ja, ich bin es mir wert.

Und so kam das.

So kam es, daß ich nun nach all diesen Verschachtel-Gedanken und der ganzen Hin- und Herspringerei, die ich Ihnen auf den letzten Seiten zugemutet habe, nun immer noch wie festgetackert auf meinem Igelit-Sessel in der Casa Moscia-Bibliothek hocke und aufs Wasser schaue. Die Feen haben Feierabend gemacht, ich bekomme langsam Appetit auf eine heiße Tasse Irgendwas – und hinter mir, an der Glastür, macht sich der erste Mensch bemerkbar, dem ich hier begegne. Zum ersten Mal höre ich das "Buon giorno", das mir später so leicht von den Lippen gehen soll, und vor mir steht die italienische Putzfrau, eine herbe Schönheit wie die Schauspielerin Annie Girardot. "Guten Morgen", antworte ich müde und bin mir meines Lächelns noch nicht wieder sicher. "Störe ich Sie hier?" Ja, ich störe. Sie will den Boden "aufnehmen", also wischen, und sie zeigt mir die Kaffeemaschine im Nebenraum. "Die Cafeteria.", sagt sie noch, dann wendet sie sich ihrem Tun zu. Ich wanke hinüber und drücke auf die Taste. Neben Tassen, Tellern, Löffeln, Obst und Süßigkeiten, Milch und Zucker steht eine Kasse des Vertrauens. Ich werde hier noch viel lernen, und ich werde mich sehr wohl fühlen. Aber in diesem Moment bin ich glücklich, daß der erste Schluck Café Crema mit Schaum drinnen bleibt, auch das Stückchen Banane, das ich probehalber dazu abbeiße – und daß Annie Girardot noch einmal zurück kehrt, um mir zu verkünden, daß in zehn Minuten die Morgenbesinnung anfängt. Wenn ich wolle, könne ich ja teilnehmen.

»GOTT WEISS, WAS FÜR EINE NACHT DU HINTER DIR HAST«

Es ist nicht schwer, bei diesem Anblick an etwas Größeres zu glauben. Luftige Veranda, Teil zwei, eine Etage höher als die Bibliothek, in der ich bis vorhin noch gesessen habe.

Im Halbrund stehen Stühle, eine Fensterfront läßt ungehindert den See herein, eingefaßt wie ein tief blaugrünes Kleinod von Bergen, Gipfeln voller Schnee. Es ist 8.00 Uhr, und nun beginnt in Moscia die Morgenbesinnung.

Was hier vermittelt wird, soll möglichst vielen Menschen etwas anstoßen. Es ist ein Angebot, eine Inspiration. So könnte man das alte Buch der Menschlichkeit verstehen oder auch anders. Wir regen euch nur an. Ein Text, Gedanken dazu, ein Lied zur Gitarre. Noch ein Text, eine Bibelstelle. Als aufgefordert wird, sich zu entlasten, falls einem etwas auf der Seele drückt, da melde ich mich zu Wort. Ich spreche so, wie mir der Schnabel gewachsen ist, ganz unverblümt, und habe gleich ein schlechtes Gewissen. Kann ja sein, so ist es hier nicht üblich; ich rede zu viel, zu lang, zu offen von mir selbst. Sie lachen leise, als ich meine Bedenken äußere. Sie haben schweigend zugehört. Mir geht es besser. Jetzt kennen sie mich und die Strapazen meiner Reise – zwar nicht in einer Pferdekutsche, jedoch im Sechsbett-Liegeabteil mit einem fremden Ehepaar. Die zwei ganz unten, ich ganz oben, dritter Stock. Herzlichen Glückwunsch! Und kein Platz fürsGepäck. Der Schaffner half mir, alle Teile nach ganz oben zu wuchten, in eine Ausbuchtung neben meinem Kopfkissen. Er ist sehr lieb, zum Glück. Denn ohne ihn habe ich nicht den Hauch einer Chance, all meine Köfferchen und Koffer auch wieder herunter zu hieven.

Als ich eintrat, da schienen die beiden Leutchen schon zu schlafen. Nur weiße Haarlöckchen schauten aus umgewickelten Deckbetten hervor. Gleich ging es mir noch schlechter. Ich war im Begriff, mitten in der Nacht in ein eheliches Schlafzimmer einzubrechen! Dazu mußte ich Licht machen. Was blieb mir übrig; anders hätte ich die wackelige Leiter nicht gefunden, die zu meinem Nest hinauf führte – halsbrecherisch genug! Und wenn ich nun aufs Klo muß heute Nacht? Blitzschnell verdrängen, diesen Gedanken. Positiveres muß her.

Ich liege im Shavasana, der yogischen Totenstellung: Flach ausgestreckt auf dem Rücken, Fersen zusammen, die Zehen locker auseinander fallend. Hände an den Seiten. So atme ich tief und ruhig. Was ist das Gute hier an dieser Lage? Das Kopfkissen ist wunderbar. Nicht zu hart, nicht zu weich; so eines hätte ich zu Hause auch gern. Aber ich kann mich ja von meinem alten, verklumpten nicht trennen. Da stecken schließlich alle meine Träume drin. Dieses hier stützt den Nacken und zerdrückt trotzdem nicht schmerzhaft die Ohren. So ein Kissen muß man erst mal finden. Ob ich es mitnehme? Meine Behältnisse liegen schließlich zum Greifen nah. Ich bräuchte es nur ein paar Zentimeter zu verschieben, Reißverschluß auf, Kissen rein, Reißverschluß wieder zu. Der Schaffner würde sicherlich meine Liegestatt nicht inspizieren, bevor ich ausgestiegen wäre.

Aber nein, so geht das nicht. Es ist unmöglich, gleichzeitig zu klauen und sich unsichtbaren Helfern anvertrauen zu wollen. Das geht einfach nicht zusammen.

Also, das Kopfkissen ist gut. Das Ruckeln des fahrenden Zuges auch. Ich genieße das Eingeschaukeltwerden und rechne doch noch mit ein wenig Schlaf in dieser Nacht. Da habe ich die Rechnung ohne die Zöllner gemacht. Vorhin wurden mein Reisepass und meine Fahrkarte eingesammlt, jetzt weiß ich auch, warum: Dreimal während sieben Stunden wird es grell, der Zug hält quietschend, auf dem Gang trampeln Stiefel hin und her. Laute männliche Stimmen werfen einander italienische und schwitzerdütsche Befehle zu. Es muß an der Europameisterschaft liegen, daß so oft kontrolliert wird. An Schlummer ist jedenfalls nicht zu denken. Obwohl – zwei Bettetagen unter mir schnorchelt es leise. Unfaßbar, aber die beiden Alten scheinen tief zu träumen.

Schon wieder ein positiver Aspekt, den ich mir absichtlich heran ziehe: Ich hätte auch mit den trinkenden, Musik hörenden Jugendlichen zusammen gelegt werden können. Die Fahrkarte weiß das ja vorher nicht, wer wo einquartiert ist. So gesehen, bin ich dankbar für meine beiden friedlichen Alten. Er scheint jetzt zu erwachen. Ächzend schiebt er sich zum Sitzen hoch, hockt nun auf der Bettkante und rüttelt an seiner Frau. Ich luge über meinen Rand. Was ist da los? Es klingt nach Atemnot? Ein Asthma-Anfall? Ob er jetzt stirbt? Oh, bitte, bitte, nicht. Sie gibt ihm Wasser und streichelt ihn beruhigend, soviel kann ich erkennen. Aus seiner Kehle kommt ein Rasseln, es hört sich nicht gut an. Nun ist er aufgestanden, wandert hin und her. Was mich noch mehr beunruhigt, weil sich jetzt endlich meine Blase meldet. Alle miteinander haben wir aber nicht Platz auf dem engen Raum zwischen den Dreistockbetten. Also bleibe ich liegen, atme tief. Vielleicht bilde ich es mir ja nur ein, daß ich mal muß. Bitte, lieber Gott, mach, daß ich es mir nur einbilde.

Wann ist eigentlich diese Nacht vorüber?

Vom Nacken her steigt Migräne auf. Schade, das gute Kissen konnte den Kopfschmerz nicht verhindern. Kann ich ihn auch noch weg atmen? Nein, er ist hart-näckiger, welch launiges Wortspiel! Wenigstens – Wunder genug! - gibt die Zahnbrücken-macke Ruhe für den Moment.

Irgendwann war sie doch vorbei, diese Nacht, es wurde heller im Abteil. Alle drei hatten wir so weit, so gut überlebt, aber wir schauten einander nicht an. Allerletzte Form der Intimität, so eng und ungeschützt auf engstem Raum. Da senkt man wenigstens den Blick und bleibt mit den Augen bei sich selbst. Die kleinen Kinder finde ich gar nicht so dumm, wenn sie sich das Gesicht mit den Händen zudecken und meinen, dann könne sie keiner finden.

Wie auch immer. So kam es jedenfalls, daß ich gegen Morgen, als der Schaffner mich aus irgend einem dumpfen Zustand weckte, blind, taub und mit einem Stahlwalzwerk im Schädel, nach einem Kaffee verlangte. Als ich ihn bekam und viel Geld dafür bezahlt hatte, war es bereits zu spät. Frühschicht im Walz-werk, das erst mal alle Maschinen grundreinigen wollte. Noch kein *input*, erst mal *output*. Und wie!

Siehe vorn, so erblickte mich schließlich Yul Brunner von Locarno.

Aber das ist ja auch schon wieder Vergangenheit, ich sitze in der Stunde der Besinnung und habe von meiner nächtlichen Tortur erzählt – und vom Gefühlskino der allein reisenden Dame, also mir. Es bleibt im Raum stehen, was ich sagte; keiner dankt, kommentiert oder nimmt Bezug. Nur ein Satz folgt, den jener junge Mann daneben stellt, der heute die Gleichnisse, Psalmen, Melodien ausgesucht hat. Er sagt es ganz einfach, wie ein Flüstern nebenher: "Gott weiß, was für eine Nacht wir hinter uns haben."

Ich kann Ihnen nicht sagen, wie mir das einging. Wie es mich tröstete.

»DÜFTE, WINDMÜHLENBLÜTEN UND DER BRUNNEN DES CHEFS«

Wieder auf dem Weg zur Bibliothek, sehe ich, inzwischen ist Leben im Haus. Über alle Flure, durch die Cafeteria, um die nun besetzte Rezeption herum laufen, stehen Menschen, einzeln oder in Gruppen; toben Kinder jeden Alters. Es ist Frühstückszeit, man sammelt sich. Gegessen wird gemeinsam, in einem lang gestreckten Saal – natürlich auch dieser mit einer Fensterfront zum See. Der Lago Maggiore darf uns alle überall betrachten; er darf genau wissen, was wir tun, reden, lesen; wie wir ihm huldigen wollen, indem wir uns an seiner Seite ausruhen.

Die Dame am Tresen lächelt mich an. Es hat sich schon herum gesprochen, daß ich völlig fertig bin, darum wird mein Zimmer auch bereits zur Siesta, um die Mittagszeit zwischen zwölf und zwei, bezugsfertig sein – und nicht erst am Nachmittag, wie es abgemacht war. "Ach, danke", kann ich sagen und erleichtert feststellen, daß sie mir meine Gepäcktürmchen bewachen. Ich könne sogar ein Gedeck bekommen, jetzt gleich, noch zu dieser Mahlzeit – aber da lehne ich ab. Für eine ausgeschlafene, klappernde, lärmende, Brötchen schmierende Menschengemeinschaft bin ich jetzt noch nicht bereit. Lieber ziehe ich mich ein weiteres Mal in die Cafeteria zurück – Café Crema Nummer zwei – und erforsche ein wenig die Gegend.

Immer noch kommen kleine dunkle Luzifer aus meiner Magengegend hoch wie jene Flaschenteufelchen aus filigranem Glas, die wir als Kinder mittels Druck auf einen Gummistopfen in wassergefüllten Mostkruken auf- und absteigen ließen. Nur, daß die fiesen Kerlchen in meinem Inneren keinem Befehl gehorchen – und es gibt auch keinen Stöpsel, auf den ich jetzt drücken könnte. Sie kommen und gehen, wie sie wollen; signalisieren mir uralte Schwachstellen: "Soweit so gut, liebe ClaraKatrin. Aber jetzt? Du bist ganz allein, du hast jede Menge einsame Zeit in der Fremde vor dir, und du hast weder Handy, Laptop noch Notrufknopf. Ab jetzt bist du auf dich gestellt. Ehrlich gesagt: Schau dich doch mal an! Immer noch ungeduscht, wackeligen Knies – und du hast nicht mal Schweizer Franken!"

Danke, daß ihr mich dran erinnert, nehme ich meine Dämonen beim Schopf. Das mit dem Geld, das kann ich doch am ehesten und gleich erledigen. Wo, bitte, geht es also hier nach Ascona?

Ich frage einige Passanten, und sie kennen jeder einen anderen Weg. Der auf der Via Moscia, der wäre der kürzeste, aber ich bin immer noch nicht lebensmüde. Also kraxele ich eine Bergstraße entlang, erst mal nach oben, und da fängt das Staunen an. Wie das riecht! Als würde jemand jeden Morgen zwischen all den herrlichen Villen, Sanatorien, Hotels mit einem Parfümsprüher entlang wandeln und alles ringsherum beduften. Die Quelle des Aromas sind besondere Heckenpflanzen und ihre kleinen weißen Blüten, die aussehen wie Miniatur-Windmühlen. Bisher konnte niemand, auch nicht meine mir bekannten Pflanzenkenner, sagen, wie diese Blümchen heißen. Aber sie beweisen wieder einmal, daß auch etwas unscheinbar Winziges große Wirkung auf eine ganze Gegend haben kann. Manchmal gehe ich jetzt, wieder in Berlin, der Nase nach, weil ich meine, einen

Hauch jenes Geruchs auch hier gefunden zu haben. Aber es ist jedes Mal ein Irrtum. Jene Windmühlchen, die gibt es hier nicht. Und die Atmosphäre, die sie verbreiten; jenen Schleier, den sie über alles legen, auch nicht. Dort jedoch hüllen sie mich ein, machen mich ein wenig übermütig, bereiten mich vor auf den Moment, wenn zwischen den Häusern in Pastell-Backstein-Farben der Blick plötzlich aufreißt und den See frei gibt. Eine Orgie für Nase, Augen, fürs Gemüt. Und damit komme ich zum ersten Mal an eine Stelle, an der mir Worte versagen. Es wird mir während dieser Tage noch öfter passieren, daß ich denke, ich wäre lieber eine Malerin.

Es kommt mir so vor, als ließe sich dies besser in Farben fassen, auf einem Bild, als in schnöden Sätzen in einem Buch. Aber ich bin keine Malerin. Rosalie ist eine, und endlich verstehe ich jetzt auch ein bisschen, warum sie so eintaucht in die südliche Welt.

Ich beginne zu schlendern, probiere jenes "Buon giorno" aus, das man einander hier zu lächelt, jedes Mal, wenn ein anderer Mensch entgegen kommt. Eine Salamander-Eskorte begleitet mich zur breiten, gewundenen Steintreppe hinunter in die Altstadt von Ascona.

In solchen Einkaufszentren, Fußgängerzonen, da fühle ich mich nicht fremd. Es gibt sie überall, und sie sind für Frauen gemacht. Neugierige Frauen wie mich, die "einfach nur mal gucken" müssen; die sich von leuchtenden Stoffen, schmeichelnden Kleiderschnitten magisch angezogen fühlen. Vielleicht hätte ich auch etwas mit Textilien arbeiten können, denke ich manchmal. Vielleicht bin ich aber auch nur eitel und ziehe mich gern schön an. Und vielleicht schließt das Eine das Andere gar nicht aus, wieso auch!

Jetzt jedenfalls habe ich zu tun mit wehender Seide an einem asiatischen Stand, sündhaft teuren Designer-Fummelchen in Schaufenstern, Schmuckstücken und Nippes. Aus einem Kunstladen schaut mich ein riesiges kupfernes Buddha-Gesicht an, das meinen Weg verfolgt. Egal, wo ich stehe, er blickt mir immer in die Augen. Die Leute bleiben vor ihm stehen und rätseln, wie der Effekt zustande kommt. Technische Details sind es weniger, die mich beschäftigen. Ich wundere mich nicht. Ist doch klar, daß er alles sieht, also auch mich, also auch an jeder Stelle. Ich pfeife mir ein Liedchen und gehe weiter, beobachtet oder nicht. Da sehe ich den Brunnen. Eine kleine Quelle über einem Becken, die ohne Unterlaß fließt.

Noch immer habe ich kein einziges Fränkli, ich brauche viel zu trinken und bin am Anfang meiner Reise ein wenig geizig. Da wäre es doch gut, ein kostenloses Flüssigkeitenreservoir zu kennen. Aber wie bekomme ich heraus, ob ich das Ha-Zwei-Oh hier trinken darf? Eine Weile umschleiche ich es wie ein unschlüssiger Fuchs die Trauben. Dann gehe ich die Gasse ein paar Schritte zurück bis zum Kunstgeschäft. Eine schwarzhaarige, elegante Senorita steht davor. Ich pirsche mich an sie heran, frage nach der Wasserqualität des Brünnleins. "No problemo!", lacht sie mich an. "Meine Cheffe trinke dasse auche. Isse gutt Wasser!"

Ja, dann!

Immer wieder werde ich mein Fläschchen dort drunter halten und füllen. Den Chef und mich, uns labt das frische Gratis-Wasser. Und Buddha schaut uns dabei zu.

»KLOSTERZELLE NUMMER 59«

Wie viele Treppenstufen es genau sind, darüber gehen die Meinungen auseinander. Jeder, der aus Ascona wieder empor klettert, zählt offenbar anders. Einhundertfünfundneunzig, nein, zweihundert, zweihundertvier – wir können uns nicht einigen. Mir selbst entgleitet das Durchzählen unterwegs immer wieder; ich schaffe es nicht ein einziges Mal, dabei zu bleiben. Wahrscheinlich liegt es an der Treppe selbst. Sie foppt uns Menschliche und ändert ihre Steinabsätze oder ordnet sich jeden Tag neu an, nur so zum Spaß. Vielleicht ist es auch der Anblick von Bergen, Villen, dem See, der atemraubenden, kopfausschaltenden Natur.

Ich kann nicht zählen, wenn ich riechen, schauen, fühlen, einswerden muß.

Der Weg nach oben ist beschwerlicher. Klar, die große Luftfeuchte, anders als zu Hause. Morgen werde ich mir glatt ein stärkeres Deo kaufen müssen, sonst reichen meine T-Shirts nicht über die Zeit.

Ein Vogel sagt: "Tikkere, tikkere, tikkere." Sprechen die Gefiederten hier etwa auch italienisch? Auf jeden Fall kennen sie hier komplizierteste Melodien und singen nicht, wie in den Großstädten, die Handy-Klingeltöne nach. Für mich klingt das "Tikkere" eher nach Vicco Torriani und Caterina Valente aus sonnigen, südlichen Filmen. Und woher will ich das nun wieder wissen; es war doch gar nicht meine Zeit?!

Einen von unseren Jungs habe ich noch nicht gesehen; wahrscheinlich haben sie keine Zeit zum Schlendern; sie müssen ja trainieren. Ich habe Ihnen noch gar nicht erzählt, daß die deutsche Fußball-Nationalmannschaft ebenfalls in Ascona residiert, ganz in meiner Nähe, in einem zurück gezogenen Gartenhotel. Von hier aus fahren, fliegen sie in die Stadien, in denen auch mein Liebster sitzt. So schließen sich andauernd Kreise, und ich fühle mich mit allen verbunden – einsam, wie ich hier herum trödele.

Die Rezeptionistin schimpft über die verschärften Sicherheitsbestimmungen. "Dort, wo die Mannschaft einquartiert ist, geht mein Lieblingswanderweg entlang, der schönste in der Stadt und am Yachthafen. Eine Freundin sagte mir, ich solle dorthin jetzt lieber meinen Personalausweis mitnehmen; es gebe viele Milizionäre, die kontrollieren. So ein Quatsch! Ich gehe doch nicht mit Pass spazieren. Das sind Fußballer!!" – "Und keine Staatsgäste, Politiker ...", ergänze ich. – "Ja, ganz genau", empört sie sich weiter, "schon gar keine UNO-Sonderbotschafter." Obwohl ich nicke, denke ich an mein verträumtes Land. Doch, Sportler waren für uns Repräsentanten. "Botschafter im Trainingsanzug". Botschafter des Sozialismus und des Friedens. Darauf wurde Wert gelegt.

Aber im Augenblick will ich nicht diskutieren. Ich nehme meinen Schlüssel für das Zimmer Nummer 59 entgegen, zerre meine Habseligkeiten zwei steile Stiegen hoch, schließe eine Holztür auf – und denke an meine Freundin, die gesagt hat: "Das ist wie ins Kloster gehen, das Allein Verreisen." Vor mir liegt tatsächlich eine Klosterzelle. Schmucklos, winzig, mit zwei schmalen Betten hintereinander aufgestellt an der getünchten Wand. Ein Schreibtisch am einzigen Fenster, das nicht zum See, sondern nach hinten heraus geht, in das grüne botanische Meer. All die Bäume, Pflanzen, Büsche, Farne dämpfen das Licht im Raum, was mir nicht unangenehm ist. Ein Kleiderschrank, ein Waschbecken, eine Duschecke, fertig. Der Fußboden ist gefliest. Rostrote Bodenkacheln nach südländischer Art. Vom ersten Augenblick an fühle ich mich hier hin gehörig wie in ein Schneckenhaus. Wie konnte es nur geschehen, daß ich hier her gefunden habe? Das konnte ich nicht sehen im weltweiten Netz, aber es paßt nur für mich. Bin ich auf wundersame Weise in diese kleine Zelle geführt worden? Nichts lenkt mich hier ab. Es ist alles da, und nichts macht sich wichtig. Da kann ich gut zu mir kommen.

Ich lege mein goldenes Tagebuch auf den Sekretär, dazu die beiden Steinherzen. Eins vom Geliebten, eines von der Kinderfreundin, der wieder gefundenen. Meine beiden Engel in Menschengestalt, ein weiblicher, ein männlicher. Ich scheine viel Unterstützung zu brauchen, wenn sie mir schon zu Lebzeiten erschienen sind. Das erste Steinchen ist braunrot wie die Fußbodenfliesen, und ich weiß nicht, was für ein Mineral das ist. Das zweite ist ein Amethyst, den hat die Freundin mit Bedacht ausgesucht und geschenkt. Er sorgt für innere Ruhe, vertreibt Alpträume, wenn man ihn unters Kopfkissen legt und fördert die Inspiration. Außerdem – und das hatte sie beim Kauf selber nicht gewußt – bedeutet das griechische Wort "Amethystos" übersetzt: "nicht trunken". Das violett gemaserte Steinherzchen wird also auch noch meine Nüchternheit bewahren und mich vor eventueller alkoholischer Versuchung schützen. Mehr kann ich mir nicht wünschen, und ich denke mal, egal, aus welchem Material der Liebesstein des Gefährten ist – diesen Wunsch enthält er mit Sicherheit auch!

Endlich eine Dusche nehmen! Danach fasse ich mit spitzen Fingern meine übernächtigten Klamotten an, klaube sie vom Boden auf und werfe sie in den Schrank, aller-hinterste Ecke. Ade für diesen Urlaub, ihr Jeans, T-Shirt, Kleidchen, Muffelstrümpfe, Hemd und Höschen. Eure nächste Station ist die Waschmaschine in der Häuptlingsstadt, zu Hause.

Voller Vorfreude auf einen Mittagsschlaf werfe ich mich gleich in den XXL-Schlafanzug meines Sohnes. Er braucht ihn nicht, viel zu warm für den erwachsenen Knaben; ich habe ihn übernommen, obwohl er mir überall zu groß, zu lang, zu weit ist. Ich glaube, weil er mir zu groß, zu weit, zu lang ist! Darum mag ich ihn so und schlüpfe in ihn wie in eine Umarmung. Machen wir uns mal nichts vor; seit der Sohn ein Mann geworden ist und zwei Köpfe größer als ich, stehle ich mich oft und gern an seine breite Brust und lehne mich dort – kleines Mütterlein! – genüßlich an. Manchmal scheint er es nicht zu bemerken, manchmal es huldvoll zuzulassen. Und ganz selten – oh Juwelen meines Mutter-Daseins! – da legt er sogar gutmütig seinen behaarten Arm um meine Schultern und drückt mich. Ich wage dann kaum zu atmen. Fühle mich wie ein fetter Kuschelspatz und plustere mich auf und an und ein.

Ich hatte mal ein Kinderbuch, das hieß "Der reichste Spatz der Welt". Da gab es auch ein kleines Vögelchen, das nach dem Raffen und dem Egotrip feststellt: Nirgendwo ist es so wohlig warm wie unter Gleichgesinnten – und dann sitzt er auf einer Telegraphenleitung zwischen anderen Spätzchen und wird ganz dick und rund vor Wohlgefühl. Manchmal bin ich dieser kleine Spatz, und ganz besonders am unfaßbar angewachsenen Oberkörper meines albernen Sohnes.

Wie auf Lese-, Recherche- oder Buchmesse-Reisen, wie immer hält der übergroße Schlafanzug, was ich mir von ihm verspreche. Ich Frisch Gewaschene und warm Gerubbelte entspanne mich. Ich klettere aufs hintere Bett, von dem aus ich die Fensterflügel erreiche. Und da entdecke ich zu meinem Entzücken: Es gibt einen Fensterladen vor meiner Zelle. Das ist ein Stückchen Himmel auf Erden. Ein Fensterladen. Ich brauche es dunkel, still und meditativ zum Einschlafen. Manchmal führt der Geliebte sogar schwarze Stoffe mit sich, nur, um mir Hotelfenster zu verhängen. Wenn es mir gut geht, geht es ihm auch gut, jedenfalls mit größerer Wahrscheinlichkeit. Eine zusätzliche Gardine hätte ich nun nicht auch noch schleppen können, aber – gottlob und Dank – sie haben extra für mich einen Fensterladen angebracht. Er siebt den Tag so durch, daß er auch für mich noch angenehm zu ertragen ist. Die Holzlamellen lassen nur herein, was mich freundlich zur Ruhe kommen läßt. Er ist mir ein herzlicher, stiller Mitbewohner, dieser Fensterladen. Als Kind hatte ich auch einen vor meinem Zimmer.

Wann hat sie eigentlich begonnen, meine Überempfindlichkeit gegen Geräusche und das Licht? Als Kind konnte ich ohne Menschenstimmen doch gar nicht einschlafen, nicht im Stockfinstern. Mein Fensterladen ließ gerade so viel Welt hindurch, daß ich im Dämmern lag, daß ich im Hof Mutter und Vater Federball spielen hörte. "Plock, plock", hin und her, der gefiederte Plastikball auf der Bespannung der Schläger, dazwischen ein Lachen, Scherzen, das für mich Liebe war. So will ich später auch... – und dieser Gedanke führte immer in einen schönen Traum.

Wenn ich einmal ein Haus bauen würde, was nicht sehr wahrscheinlich ist, dann müßte es Fensterläden haben. Schon diese Geste, einen Tag abzuschließen – Läden zu – und feierlich zu eröffnen – Läden auf! Italienische Filme fallen mir ein, in denen vollbusige Senoritas mit langen schwarzen Haaren und lauten Stimmen ihre Fensterläden zur Piazza hin aufstoßen, worauf unten schon schmachtende junge Liebhaber warten. So ähnlich stoße ich jetzt, nach absolviertem Mittagsschlaf, auch meine Holzjalousie auf – nur ein wenig leiser, ein wenig zierlicher und statt angesichts verwegener halbstarker Männer eben für die jungen Palmen.

Aber immerhin!

»Urlaub von dir«

So schön kann keine Liebe sein, auch nicht die Eine, große, daß die daran Beteiligten nicht auch einmal Zeit für sich selbst brauchen, wieder zu sich kommen müssen. "Heute bin ich allein, ja auch das muß ab und zu mal sein", trällerte ich dereinst mit Reinhard Lakomy um die Wette und fand: Ja, der Mann hat recht. Zwar bin ich eine Frau, aber diese Regel gilt wohl für beide Geschlechter: Wer nicht lieb und gern mit sich ist, kann es wohl auch nicht mit anderen sein.

Wir haben das miteinander gelernt, mein inniger Gefährte und ich. Es ist ein ungeordneter Prozeß, und wir sind immer noch dabei. Also, was ich Ihnen damit sagen will, ist, nach meiner Erfahrung gilt es nicht, daß jeder zuerst für sich "fertig" wird, ein perfektes, reifes rundherum entwickeltes, durchgestyltes Menschenkind – und daß man danach, Mister und Misstress "Right", bereit ist für eine Zweisamkeit. Nee, nee, so haben wir nicht gewettet und die Götter der Liebe ebenfalls nicht. In unserem Falle kamen zwei reichlich grüne Früchtchen plauzend zusammen, schüttelten sich einmal kurz und stürzten miteinander in ein Inferno, in dem wir nur entweder untergehen, oder an dem wir wachsen konnten. Das letztere ist eingetreten, und fragen Sie mich nicht, wie das geschehen konnte. Lange Zeit meinte ich, das habe die tiefste Krise und den furchtbarsten Schnitt in meinem Leben eingeläutet, als mich dieser Tag, dieser Blick aus grünen Augen vollkommen unvorbereitet ins Herz traf. Ein weiterer Beweis dafür, daß hier etwas ganz Anderes die Fäden zieht, auch, wenn wir gar nicht daran glauben.

Eine hat sich gewünscht, sie möchte diese Liebesgeschichte einmal lesen dürfen. Vielleicht ist jetzt die
Stelle, einsam in der Casa Moscia, aufgestoßener Fensterladen, tausend Kilometer von ihm - und noch etwa drei
Stunden vom Glöckchenklingeln entfernt, das das Abendessen einläuten wird; vielleicht ist jetzt der Moment, um
dir, liebe Leserin, von uns zu erzählen. Du hast, so hoffe
ich, Verständnis dafür, daß ich das in der dritten Person
tue, wie ein wahres Märchen, eine gehörte Geschichte.
Ich muß ein wenig Abstand haben, sonst kommt mir das
Ganze zu nah. Stell dir, liebe Olga; stellen Sie sich, liebe
Leserinnen und Leser, also bitte vor, ich sitze – immer
noch im XXL -Schlafanzug meines Sohnes – auf der
Bettkante meiner Klosterzelle, lasse meinen Blick in eine
Ferne schweifen, in die mir niemand folgen kann, und ge-
statte es der Erinnerung – und ihrer kleinen Schwester
Sehnsucht – sich einzustellen.

"Es war einmal ..."

*Es war einmal ein Mädchen, besser gesagt, eine heran-
wachsende Frau. In einem Alter, in dem junge Menschen
heute oft zaghaft in Erwägung ziehen, eventuell bei Mutti
auszuziehen oder noch ein Semester anzuhängen; in
jenem Alter Mitte zwanzig also, war unsere Heldin das
erste Mal in ihrem Leben fix und fertig auf ihrer
seelischen, körperlichen und hoffnungsträchtigen
Bereifung. Es war ihr 26. Geburtstag, und sie wußte nicht
mehr ein noch aus. Wäre sie wirklich eine Prinzessin aus
dem Märchen gewesen, würde sie jetzt vielleicht sehr
gelangweilt nach dem Prinzen ihrer Wahl Ausschau
halten. Eine gewisse Bohemienne-Ader; eine Ahnung, für
das Tägliche eigentlich Personal zu verdienen, läßt sie
manchmal daran glauben, daß sie so was Vornehmeres*

schon gelebt haben muß. Jedoch, sie war, wenigstens in diesem Leben, zu anderer Zeit, an vollkommen anderem Ort zur Welt gekommen. Und so mußte sie, anstatt zu flanieren und herum zu schweifen, selbst aktiv werden, und das von Anfang an.

Die Gesellschaft sagte, eine Frau sei eben so viel wert wie ein Mann, was sie allerdings zu gleicher Leistung verpflichte. Einverstanden, dachte unser Mädchen, das keine Prinzessin war; legte sich ins Zeug und wollte – ihrem Wesen folgend – noch viel besser sein als all die anderen.

Nun müssen Sie wissen, die Kleine, nennen wir sie Chiara, war zart gebaut und – jedenfalls körperlich – nicht viel über die anderthalb Meter hinaus gewachsen. Wer ihr begegnete, hielt sie eher für eine Fee denn für eine Vollblutmutter mit fünf Kindern, Achtstundenjob am Fließband, abends noch Parteiversammlung. Aber für Feen war nicht der Platz und nicht der Geist in jener Zeit. Also bemühte sich Chiara, wenigsten ein bisschen wie die Rundum-Aufzucht-Kraft-und-Saft-Mütter zu werden, und Sie können mir glauben, sie strengte sich sehr an dabei.

Natürlich konnte es nur das höchste Ziel sein, in der Schule, im Beruf, in der Liebe. Noch während Chiara die Weihen des Abituriums erwarb, eine wahre Einser-schülerin; und nebenbei ganz allein mit siebzehn viermal in die großmächtige Stadt fuhr, um dort Aufnahme-prüfungen für einen ehrgeizigen Streßberuf zu bestehen, wählte sie außerdem den edelsten, ansehnlichsten Ritter voller Wohlgestalt in ihrer Klasse aus und gewann sein Herz. Die Welt schien der Kleinen offen zu stehen, man staunte ein ums andere Mal gar sehr darüber, wieviel

Energie die Götter in einen Meter sechsundfünfzig und fünfundvierzig Kilo Mensch gesenkt haben mußten. Eine Kindfrau mit allerhöchstem Anspruch.

Als Chiaras Studien zur Hälfte vorüber waren, gebar sie dem edlen Ritter ein Söhnchen. Gemeinsam mit ihrem Kind studierte sie zu Ende und legte Wert darauf, das ohne Verzögerung zu tun, also im selben Augenblicke wie all die anderen Kommilitonen, die noch nicht Eltern waren. Sie ließ auch jetzt keine Zeit verstreichen und brachte – kaum daß die Schrift auf dem Diplom getrocknet war – ihr Töchterlein zur Welt. Von nun an rannten sie alle um die Wette: der edle Ritter, der Nachwuchs und unsere verhinderte Prinzessin Chiara. Frühschicht, Kindergarten, Einkaufen, dann Elternabend, Spätschicht. "Wann nimmst du die Kinder? Wann hole ich sie aus der Krippe ab?" Es war ein wildes Gerenne ohne Sattel, ohne Pferd sogar; und irgendwann, irgendwo unterwegs mußte wohl die Liebe herunter gefallen und unter die unsichtbaren Hufe gekommen sein. Keiner von beiden hätte es bemerkt, sie wären wohl ewig weiter so umeinander herum, aneinander vorbei gelaufen, mit hängenden Zungen; wenn – ja, wenn nicht eines Tages eine Wendung eingetreten wäre, mit der niemand rechnen konnte. Würde ich die Geschichte auf einem Video vorführen, dann käme jetzt der Moment, in dem sich das Tempo verlangsamt zur Zeitlupe, in dem die Laute sich zum dumpfen Dröhnen dehnen, in dem grotesk verzerrte, fast einfrierende Gesten und Grimassen anzeigen, daß gleich etwas Entscheidendes geschieht. Und es geschah.

Auch in ihrer Arbeit blieb Chiara jene Klassenbeste, die sie immer hatte sein wollen. So nahm es nicht wunder, daß sie eines Tages, Auserwählte in einem erlesenen Kreis, zu einem Lehrgang geschickt wurde, der sie zu noch Größerem befähigen sollte. Mit Eskorte kam sie in einem entlegenen Schloß an, mitten im Wald, an einem blinkenden See, und bezog ein Zimmerchen im Turm. Hier hatte sie nun wirklich Personal, denn für alles war gesorgt. Es gab drei reichliche, gute Mahlzeiten am Tag, ein Programm, abends Tanz – und viele Leute, die dafür angestellt waren, es denjenigen heimelig zu machen, die hier etwas Neues lernen sollten. Chiara hatte ihr schönstes Ballkleid im Gepäck; sie war bereit für so Manches, wissensdurstig - und neugierig genug sowieso.

Es gab einen Begrüßungsnachmittag im Großen Saal. Einige kannte sie, andere waren ihr neu. Chiara schaute sich um. Und da erblickte sie in einer Ecke den Technikus, der sich knapp vorstellte, um dann wieder, Blick gesenkt, mit langen Fingern an den Reglern seines Pults zu drehen. Aber es war bereits zu spät. Der eine Blick hatte genügt. "Was für ein guter Typ! Die Sympathie in menschlicher Gestalt." Und sexy wie ein Wildlebender auf den Weltmeeren.

So oder so ähnlich muß es Chiara durch den Kopf gegangen sein. Genau weiß sie es nicht. Legen Sie sie also bitte nicht darauf fest. In Worte fassen wir die Dinge ja immer erst hinterher. Es war also nicht mehr als ein namenloser Gedanke, ein Aufblitzen, ein winziges Gehirn- und Herzgewitterchen. Aber es war da, klar und deutlich. Und sie hätte Stein und Bein geschworen, für so etwas ganz bestimmt nicht frei zu sein.

Was denkt man in so einem Augenblick? Man denkt vielleicht: "Ach, was, da war ja gar nichts. Eine Ahnung, *vielleicht. Aber nichts, das das Leben stören müßte, gar durcheinander bringen, auf den Kopf stellen. Und wenn schon, wenn da vielleicht doch mehr war als nur ein Nebelchen, dann wäre es immerhin reichlich einseitig." Chiara konnte sich nicht vorstellen, daß Freibeuter Technikus sie ebenfalls bemerkt haben könnte. Wie sehr sie sich da getäuscht hatte! Aber das sollte sie erst viel später erfahren, und dann aber jahrzehntelang.*

Zurück in jenes Schloß der lehrenden Veredelung aufstrebender Talente. Wir sind ja immer noch an jenem ersten Tag des einander Bekanntmachens. Der erste Blitz hat eingeschlagen, ist überwunden und im Inneren abgetan. Da kommt bereits die nächste Gelegenheit. Ein Sektempfang, und außerdem hat sich herum gesprochen, daß Eine von ihnen Geburtstag hat. Chiara eben. Wie schon erwähnt, wird sie heute 26, ist seit sechs Jahren verheiratet, und ihre Kinderchen sind zwei und vier. Aber die Familie ist weit weg. Trotzdem gibt es keine treuere Seele als Chiara. Nun soll sie hoch leben. Etwas verloren steht sie da, wie so oft, wenn viele Menschen sie umzingeln. Da kommt er auf sie zu. Reicht ihr einen Kelch mit funkelndem goldenen Wein, strahlt ihr direkt in die Augen und sagt mit klangvoller, tiefer Stimme, die sie in seiner drahtigen Gestalt gar nicht vermutet hätte: "Herzlichen Glückwunsch zum Geburtstag."

Es ist schrecklich für den Edlen zu Hause, gar nicht auszudenken, wie schrecklich erst für die süßen Sprößlinge. Aber es ist dennoch nicht zu leugnen: Ab jetzt gibt es kein Zurück mehr.

Einmal zu oft in grüne Augen geschaut, und dabei war es erst das zweite Mal!

Seit diesem Tag wissen sie beide, Chiara und ihr Piratus Technikus, daß es sie gibt, die Liebe auf den ersten Blick. Sie ist keine Erfindung und keine Saga. Sie ist ein Zeichen dafür, daß sich zwei gefunden – vielleicht wiedergefunden – haben, die zusammen gehören. Nun können sie beginnen, sich zu wehren, das steht ihnen frei, natürlich. Auch Chiara und Technikus haben das versucht, oh, wie herzblutend versucht! Es gab schließlich zwei Ehen zu retten, zwei Kindern nicht wehe zu tun, ein ganzes Gefüge zu erhalten.

Es nützte alles nichts. Und dann kam wirklich eine wilde Zeit übers Land. Jene Gesellschaftsordnung, die keine Feen dulden wollte, die bessere Pläne und Zukunftsvisionen vorzuweisen hatte als alle Königreiche davor, sie zerbrach und riß ganze Berufe, ehrgeizige Träume, Lebensläufe, Altersvorsorgen, Selbstbilder und Ehen mit sich in den Abgrund. Auch die Ehe von Chiara und dem Ritter. Liebster allererster Freund, verzeih mir. Ich bin so froh, daß wir heute unseren Kindern alle miteinander Eltern sein können; die besten, die wir zu bieten haben, jeder für sich, ein Dreigestirn. Hätte ich einen besseren Weg gewußt, ich wäre ihn gegangen. So aber nahm ich diesen, ging kaputt – Wer geht mit?! – heilte wieder, obwohl ich lange glaubte, das sei menschen-unmöglich.

Nun habe ich doch "ich" geschrieben, obwohl ich mich mit der erfundenen Chiara aus dem Märchen vor mir selber schützen wollte. Aber egal, ich lasse es für Sie, für Dich, so stehen. Chiara – also ich – gab am Ende das Sich-Wehren auf, das Kämpfen auch, und nahm dieses Gefühl an. Es ist schon eigenartig, wie das JA-Sagen zu einer wirklich guten Sache der Anfang einer ganzen Kette von guten Sachen sein kann. Ich habe es erlebt, am eigenen Leibe. Wir standen knietief in den Trümmern unserer Leben, es blieb nichts übrig. Und dann nahmen wir in all unserer Furcht, unserer Dünnhäutigkeit, unseren Zweifeln zaghaft den Anfang eines Fadens auf, der uns bis heute leitet. Jenes Fadenende in den zitternden Händen, verließen wir uns nur auf diese Liebe, fanden sonst nirgendwo einen festen Grund – und sprangen trotzdem.

Das war vor einundzwanzig Jahren. Die zutraulichen, aufgeweckten Kinderchen von damals lieben heute selbst; jene, die mich zu diesem Märchen inspiriert hat, ist die Herzensdame meines Sohnes. Und vor meiner schönen Tochter kniet längst ein jugendlicher Edelmann, der zu größten Hoffnungen Anlaß gibt. Ich selbst entdecke mit jedem neuen Tag meines Lebens tiefere Geheimnisse der Liebe. Es ist ein Weg, der mich atemlos staunen läßt und dem ich unbedingt folge. Da ist etwas, das trägt, durch Raum und alle Zeiten. Mein inniglich Geliebter, der du immer noch ein wilder Pirat mit ungebremster Energie für mich bist, du weißt es auch. Du lebst es auch. Wir leben es gemeinsam, Seite an Seite. Das macht, scheint mir, den Unterschied. Es tut nicht gut, die andersartigen Kräfte zu benutzen, um aneinander Krieg zu führen. Warum nicht Mann an Frau, Frau an Frau, Mann an Mann, jedenfalls, Hüfte an Hüfte, Schulter neben Schulter stellen und dann das inwendig Vorhandene zusammen tun, um miteinander Besseres zu schaffen. Es scheint so einfach zu sein, und ist doch offensichtlich so schwer zu erlangen. Wenn es in meiner Macht stünde, würde ich es zu gern vielen verabreichen. Aber es steht nicht in meiner Macht. Ich habe es weiß Gott versucht.

Um dieses Märchen wahrheitsgemäß zu beenden: Jetzt

haben sie doch noch alle ihren Weg gefunden, der edle Ritter, Chiara und Piratus Technikus.

Und wenn sie nicht gestorben sind, dann leben sie noch heute.

»TISCHGEMEINSCHAFT«

Wenn sie schwitzerdütsch miteinander reden, dann verstehe ich kein Wort. Sollten Sie sich über mich lustig machen wollen oder tratschen, es wäre kein Problem, ich würde es nicht mitbekommen. Aber wir kennen uns ja noch nicht gut genug für Klatsch und üble Nachrede; soeben sind wir uns zum ersten Mal begegnet.

Als das Glöckchen überall im Areal zu hören war, strömten wir aufeinander zu. Ich hatte mich inzwischen natürlich noch einmal angezogen, meine Müdigkeit zum dritten Mal halbwegs überwunden, fühle mich reichlich schüchtern, aber hungrig. Im Speisesaal wurde mir ein Platz zugewiesen. Außer meinem gab es noch fünf weitere Stühle, vier davon schon besetzt. Drei Frauen, ein Mann. Freundlich grüßten sie und sprachen weiter in ihrer Mundart miteinander. Es erschien einer der Herren des Hauses, bimmelte ein weiteres Mal. Ein Tischgebet wurde zum Mitsprechen angeboten, die heutige Menüfolge verkündet – "Bitte, bleiben Sie sitzen, bis die warmen Speisen serviert sind. Sie kommen direkt auf den Tisch." – und danach könne jedermann und jede Frau das überreichliche Salatbuffet stürmen, das vegetarische Büffet, die Gemüseaufläufe. Unfaßbar, welche Schlemmereien hier aufgetafelt wurden! Jugendliche Kellnerinnen und Kellner trugen Schüsseln, Töpfe, Pfännchen herbei. Ein Kalbsragout mit Polenta, einem Maisbrei aus geheimen Zutaten, darunter auch Käse. In der Schweiz und Italien gebe es regelrechte Polenta-Feste mit den köstlichsten Rezepten, werde ich informiert, während wir uns das Essen durch fünf teilen. Freundlich fragen mich die anderen, ob ich verstehe, was sie sagen.

Na ja, wenn sie hochdeutsch reden... Mir zuliebe tun sie es. Wenn sie doch einmal vergessen, mich Ausländerin einzuschließen und in ihren Dialekt gleiten, ist es mir auch wurscht. Ich lausche der Sprachmelodie und genieße ihren gemütlich-friedlichen Sound.

Die Sauce ist sahnig und lecker, ich möchte gern den Teller ablecken, wie ich es früher bei meiner Oma tun durfte. Da fällt mir etwas ein, etwas sehr Wichtiges, für mich. Ich entschuldige mich kurz, gehe in die Küche. Ob er mit Alkohol koche, frage ich den Chef. Als er bejaht, bitte ich ihn, mir Bescheid zu geben, in welchen Speisen Wein oder Kognak enthalten sei. Die würde ich dann nicht anrühren und lieber etwas anderes nehmen. Er fragt nach, ich sage die Wahrheit, und er notiert sich nickend, wie lange ich da sei. Herzlich bedanke ich mich für sein Verständnis. Ich muß mich kümmern, das habe ich gelernt. Niemand anderes kann mir diese Sorge um mein Wohlergehen abnehmen. Nichts weiter hatte ich mir gewünscht, als daß ein Hinweis kommt, ein kleines "Achtung!" oder "Vorsicht, Brandy inside." Geschehen ist etwas ganz anderes: Ab dem folgenden Abend und an allen weiteren flüsterte mir gleich am Eingang ein junger Mann zu: "Bitte, heute warten...", und dann bekam ich in einem kleinen Edelstahlkännchen das selbe Gericht wie alle anderen, nur ohne den für mich gefährlichen Stoff darin. Ich war gerührt. Die Tischgemeinschaft schien sich kaum zu wundern. Sie nahmen es, wie es war. Mag sein, sie haben die Sache auf schwitzerdütsch behandelt. Es war nur an jenem allerersten Abend, daß ich einmal heftig meine alte Angst vor großen Menschengruppen spürte. Wir müssen um die hundert Erwachsene und zwanzig, dreißig Kinder aller Altersstufen gewesen sein, in zwei miteinander verbundenen Speisesälen. Dazu die

Leute aus der Küche, von der Leitung des Hauses, die Betreuer und Studenten. Was regt sich da in mir, wenn ich Teil einer solchen Gesellschaft bin? Der frühe Widerstand, der rasch gebrochen wurde, wenn ich lieber allein gewesen wäre und nicht durfte? Das verträumte Land war kein Individuellen-Paradies; man wurde einer Gruppe zugeteilt, und das von Anfang an. Ich weiß bis heute nicht, was mir so tief in meine Seele geschnitten hat, daß ich mich – notfalls Sturzbäche weinend und Nervenzusammenbrüche vortäuschend – wehren mußte, in Ferienlager, die Pionierrepublik oder FDJ-Sommercamps zu fahren. Ein früher Schock in einem touristischen Zentrum hat genügt; seitdem war mit mir nie wieder zu reden, wenn es um massenhafte Ausflüge ging. Ich wüßte gern den Grund, würde zum Kern des Schmerzes vorstoßen, aber er will sich mir noch nicht enthüllen. Jetzt, am Tisch, beim Abendbrot mit lauter Fremden, puckert die alte Wunde wieder. Ich möchte fort rennen, aber wohin? Da ich keinen Ausweg kenne, zähle ich im Kopf die Essenstermine, die noch vor mir liegen, durch, und bitte tief atmend um die nötige Kraft dafür.

Es ist schon paradox: Allein in meiner Schreibwerkstatt, löffele ich oft lustlos irgend etwas in mich hinein und seufze in Gedanken, daß ich lieber in Gemeinschaft esse. Jetzt, wo ich nicht mehr allein bin und fröhlich mit anderen so viele Mahlzeiten teilen kann, wie ich nur möchte, ist es mir auch wieder nicht recht. Jetzt kommen sie mir zu nahe, ist mir das alles viel zu intim (man erinnere sich an meine Zahnbrückenneurose; es ist ja noch lange nicht klar, daß auch bis zum Ferienende alles an Ort und Stelle bleibt und nicht herausfällt), kann ich doch eigentlich nicht vor dem ersten Kaffee sprechen, mich nicht zeigen, geschweige denn frühmorgens bereits lächeln. – Oh doch, ich kann! Viele meiner Marotten werde ich über Bord werfen; mehrere "So bin ich aber!" Lügen strafen. Von ganz alleine werde ich neu sortiert.

Einfach nur dadurch, daß ich hier bin, mich den Leuten zeige und dem Fluß des Lebens überlasse.

"Gott liebt uns so, wie wir sind", höre ich bei meiner zweiten Stunde der Besinnung. "Aber er lehnt es ab, uns so zu lassen, wie wir sind." Na, also gut, dann gebe ich mich eben her und lasse die Veränderung zu. Ich wußte ja von Anfang an, daß diese Reise keine ganz gewöhnliche sein würde. Nun denn: Augen und Ohren und ´s Herzelchen auf, liebe ClaraKatrin! Etwas wartet hier auf mich, das spüre ich ganz deutlich.

Soll es kommen, ich bin bereit.

»MATILDE«

Da wartet erst einmal eine Frau auf mich. Eine aus meiner Tischgemeinschaft.

In jener ersten Nacht auf der herrlich festen Matratze in meinem Klosterstübchen Nummer 59 hatte ich wunderbar geschlafen. Nachtruhe ist hier angenehmerweise von 23 bis 8 Uhr. Ich muß keine feiernden Zecher fürchten, keine Nachtschwärmer, die am See Discomusik anwerfen. Ich lag schon um Neun Uhr abends im Bett, nickte weg, um nur noch einmal kurz vom Jubel der Fußball guckenden Gäste aufzuwachen. Klar, die Spiele der Europameisterschaft werden auch ins Paradies übertragen! So einer großen Sache kann sich niemand verschließen. Ich schickte einen so sorge- wie liebevollen Gedanken nach Zürich, wo jetzt mein Herzallerliebster im Stadion sein mußte. Sein Pensum fand ich irre. Er kann jetzt Rockstars gut verstehen, die auf Tournee des morgens in einem Hotelbett aufwachen und sich erst einmal fragen: "Wo bin ich? Vor allem: in welcher Stadt?!"

Bis nachts gegen ein Uhr hatte er nach jedem Spiel vor Ort noch zu tun, suchte dann irgend einen Schlafplatz, um spätestens um 5.30 Uhr wieder aufzustehen und den nächsten Bus, das nächste Taxi, den nächsten Flieger anzupeilen. So sollte das zwei Wochen lang gehen, und ich hatte Mühe, davon loszulassen. Ich konnte ja nichts tun, ihm in keiner Weise helfen. Und sich ängstlich Sorgen machen hilft schon gleich gar nicht. Ich tröstete mich mit dem Gedanken, daß er ein Fußball-Enthusiast ist – so hat er vielleicht doch ein wenig Spaß, direkt in jedem österreichischen oder schweizerischen Stadion – den Rest gebe ich nach "oben" ab oder verzeichne ihn in meinem Tagebuch. "Ich habe höllische Sehnsucht nach dir.", steht da. "Aber ich mache trotzdem das Beste aus dieser Zeit für mich, versuche, sie zu genießen"

Ja. So ist das.

Ausgeschlafen bin ich also erwacht, um gleich nach dem Frühstück mit Rucksack und Frohsinn zur Quelle des Chefs zu stiefeln.

Als ich von meinem Spaziergang, die Stufen hinunter nach Ascona und dann wieder hinauf zurück komme (nebenbei bemerkt: Ich besitze jetzt ein gut wirkendes Sport-Deodorant – ein wahrer Segen in diesen Tagen!), sitzt sie da, an einem Tischchen auf der Piazza und lächelt mich an. Ob wir vielleicht eine kleine Weile plaudern könnten, fragt sie mich und schiebt einladend einen Stuhl zurecht. Ja, warum nicht. Dieses Haus scheint Menschen zu verwandeln, bis sie offener, direkter, zutraulicher zueinander sind. Man kommt hier mühelos mit anderen in Kontakt, alle sagen "Du", und es hat nichts Aufdringliches. Höflich fragen wir einander: "Ist es in Ordnung, wenn ich ‚Du' sage? Darf ich das?", und darin liegt nichts Esoterisches, New-Age-Penetrantes; kein "Oh-wir-sind-ja-alle-Brüder-und-Schwestern"-mäßiges. Wenn ich es mir jetzt, rückblickend, betrachte, dann ist das schon eine wirkliche Kunst. Die gebotene Distanz zu wahren, den Respekt unter erwachsenen Menschen nicht zu verletzen, und doch eine gewisse Wärme, eine besondere Nähe zuzulassen. Es muß das Haus selbst sein, ja, ich kann es mir nicht anders erklären. Die Erbauer, Bewohner, Bewahrer der Casa Moscia haben Sorge dafür getragen, daß die steinerne und grüne Hülle sich mit etwas füllt, das anders ist als anderswo; kostbarer, sättigender, fruchtbringender. Von dem ein jeder zehren kann, der eine Weile hier ist.

Und so empfinde ich es als vollkommen leicht und unverkrampft, die Einladung zum Gespräch anzunehmen. Ich setze mich und erfahre, daß die Frau Matilde heißt.

Matilde sieht ein wenig aus wie diese berühmte französische Pianistin, die auch mit Wölfen tanzt, Hélène Grimaud. Genau so zart, genau so dunkelhaarig, ebenso wissend wirkend und mit schweren Augenlidern über tiefem Blick. Sie ist mit ihrem Mann hier; jenem einzigen Herrn, der auch mit an unserem Tisch sitzt. Die beiden fallen auf. Sie, eine Version der besagten Künstlerin; er, ein jüngerer Bruder von Eric Clapton. Nur die Haare sind länger, ansonsten besitzt er ein ähnlich gemeißeltes Gesicht und das eigenwillige In-Sich-Ruhen des großartigen Musikers mit der langsamen Hand. *Mister Slowhand* hat, soweit ich weiß, gar keine Geschwister.

Hélène und Eric, also Matilde und Matildes Mann, sind schon zum dritten Mal hier, wie sie mir jetzt erzählt. Sie kommen immer wieder, weil sie hier so gut auftanken können und dann gestärkt in ihren Alltag zurück kehren, der nicht einfach zu bewältigen ist. "Wir haben ein besonderes Kind.", sagt sie, mich dabei keine Sekunde aus den Augen lassend. "Er ist 15 und schon in der Psychiatrie." Ich finde es wunderbar, daß sie "besonderes Kind" sagt und nicht "krankes Kind", kaputtes Kind, Sorgenkind. Auch, während sie mir weiter von ihm erzählt und wie es ihr das Herz zerreißt, daß sie nicht weiß, wie es mit ihm weiter gehen soll, benutzt sie niemals irgend ein abwertendes Wort für ihn. Er sei hoch

sensibel, eine Künstlerseele, könne malen zum Nieder-
knien und sich stundenlang in etwas vertiefen. Nur, daß
er zu früh an zu Starkes geraten sein muß. "Hatte er die
falschen Freunde, Drogenkumpels? Was haben wir ver-
kehrt gemacht, wir als Eltern?" Das seien die Fragen, die
ihr keine Ruhe lassen. Ihr Mann sei aus der Kirche aus-
getreten. Es könne keinen Gott geben, wenn er so etwas
zuläßt, daß ein so junger, so kluger und so zarter Mann
noch vor vollendeter Pubertät schon so abdriftet.

Erzählt sie es mir, weil sie gestern Abend mitbekommen
hat, wie ich in der Küche war und um alkoholfreie
Gerichte bat? Oder sieht sie mich und ahnt etwas,
instinktiv. "Ich war ganz ähnlich wie Ihr Sohn.", sage ich.
Sie nickt, als hätte sie es sich tatsächlich schon gedacht.
"Und wir können überleben." Aufmerksam lauscht sie,
als ich ihr von den Gruppen des offenen Visiers erzähle,
die es überall, in allen Variationen und für jedes Alter
gibt. "Aber er wird da nicht hingehen wollen.", vermutet
sie. Das mag sein. Ich wollte es ja lange auch nicht.
Dennoch gibt es immer Hoffnung. Wenn mich das finden
konnte, kann es jeden finden. Davon bin ich überzeugt.
Matilde drückt meine Hand, dann stehen wir beide auf.
Sie und ihr Mann würden jetzt nach Italien rüber auf den
Markt fahren. Dort könne man ganz bunt und billig einkaufen, auch für Euros, falls ich davon noch welche dabei
hätte. Ob ich sie begleiten wolle? Es wäre ja noch Platz
im Auto. Ich lehne dankend ab. Das wird mir hier noch
öfter passieren, daß mich jemand fragt, ob ich an einem
Ausflug teilnehmen möchte. Ich muß nicht einsam sein.
Aber ich suche die Stille. Wenn schon, dann möchte ich
sie auch ganz auskosten, meine innere Einkehr in dieser
magischen Umgebung des Lago Maggiore. Nur mein
Notizbuch und ich, so schlendere ich herum, lasse mich

treiben oder leiten, wie Sie wollen. Das wird so ohne Weiteres akzeptiert. Selten oder überhaupt noch nie habe ich so etwas erlebt: daß ich Teil einer großen, aufmerksamen Menschengemeinschaft war und doch ganz für mich. Das tat gut. Da hinein ließ ich mich fallen. Von diesem Stützpunkt aus zog ich meine Fäden überall hin, wo ich ohne Auto, nur mit dem Zug, Bus oder Schiff und per Pedes hin gelangte. Ich ging immer allein, so wie jetzt auch. Im Vorbeilaufen hatte ich einen Stieg gesehen, einen Wanderweg nach oben. Die Wasserflasche wird Gold wert, aber der Blick von ganz oben muß herrlich sein. Also los und voller Tatendrang, den Stift bereit, falls ein Gedanke anklopft.

Im Geist sende ich einen Spezialgedanken an Matildes Sohn, den unbekannten, vertrauten. Das ist es, was ich für dich tun kann, besonderer Sohn von Matilde. Mehr leider nicht.

»Sentiero Romano«

Das ist auch so eine Sache, die mich trägt, überall, egal,
wo ich auch bin. Das Gehen, das Laufen. Im Scherz habe
ich mal gesagt, ich wandere meinen Jakobsweg direkt in
Berlin, da brauche ich gar nicht erst nach Spanien zu
reisen. Natürlich weiß ich nicht, wie dumm diese
Bemerkung war. Mag sein, der Heilige Pilgerweg besitzt
ja doch eine andere Atmosphäre als jeder andere Pfad –
so, wie die Casa Moscia anders auf ihre Bewohner wirkt
als, sagen wir, ein Hochhaus aus Stahl, Glas und Beton.
Also will ich mich mal nicht gar so weit aus dem Fenster
lehnen mit meinen angeblichen Erkenntnissen. So lange
ich nicht selber von den Pyrenäen bis nach Santiago de
Compostela zu Fuß unterwegs gewesen bin, darf ich mir
kein Urteil bilden. Aber siebenhundert Kilometer oder
mehr dürfte ich immerhin auch schon zurückgelegt
haben, daran besteht kein Zweifel. In meinem letzten,
siebten Buch "Stadtstreicherin. Spazierbilder" bekommen
Sie, wenn Sie mögen, einen kleinen Einblick von den
Strecken innerhalb der deutschen Häuptlingsstadt, die ich
so Woche für Woche zurück lege. Ich tue das nicht im
Fitness-Streß oder gar, um vor mir selber fort zu rennen.
Nein, ganz im Gegenteil: Ich komme dabei zu mir. Lasse
Inspirationen fließen, bringe Gedanken in Bewegung,
heiße Ideen willkommen. Glauben Sie mir: Ich würde es
nicht tun, wenn es mir keine Freude machen würde. Ich
denke, jeder sollte sich nur solchen körperlichen
Übungen hingeben, die ihm oder ihr wirklich liegen, die
Spaß machen. Sonst läßt man es doch ohnehin wieder
bleiben. Nicht wahr?! Ich hänge mich nicht an Kraft-
maschinen in geschlossenen Räumen, fahre niemals Fahr-

rad oder Inline-Skates; ich jogge nicht und steige nicht berg. Womit ich nichts gegen die Jünger dieser Sportarten gesagt haben will – siehe vorn, jedem sein Pläsierchen – nur, ich will mich nicht quälen, sondern vervollständigen. Mich hatte eine tödliche Suchtkrankheit im Griff, die Körper, Geist und Seele gleichermaßen zersetzte. Seit mehr als vierzehn Jahren hege, pflege und zelebriere ich meine Genesung von diesem Leiden. Und das betrifft, nun auf gesunde Weise, eben wieder alle drei: mein Körperchen, mein Seelchen, den Geist, also die gesamte Gefühls- und Gedankenwelt. Da durfte und darf ich vieles ausprobieren, was mir auf dem Weg hilft. Aber es darf kein Mich-Knechten und erneut verbiegen, verletzen sein. Ich liebe mein neues Leben als eine Art Fluß oder sanften Tanz. Ich lebe viel langsamer heute als früher, und ich komme doch schneller voran. Wobei ich gerade gezögert habe beim Schreiben. Wirklich "schneller"? Ich weiß nicht. Vielleicht konzentrierter, müheloser. Wo sollte ich auch hin wollen, in raschem Tempo?! "Ankommen können wir nur bei uns selbst.", habe ich schon vor Jahren einmal in einem jener zahllosen Helfer-Bücher gelesen, die ich gleich stapelweise verschlang. Im Kopf wußte ich es also schon länger. Nur, jetzt habe ich begonnen, mein Wissen auch tatsächlich zu leben. Manchmal ein seltsames Gefühl, weil es mich so eigenartig macht, so herausgefallen aus all den "*man muß doch*"'s und "*man sollte aber*"'s – "*gerade in der heutigen Zeit*"! Aber wieso gerade in der heutigen Zeit? Irgend eine Zeit war schließlich immer, und in jeder – soweit ich das weiß – gab es Menschen, die ihrer inneren Notwendigkeit gefolgt sind, einem gegen den Strich gebürsteten Weg, der so nur für sie paßte. Die Psychologen sagen gern, das Wort notwendig rührt von der gewendeten Not. Da ist viel Wahres dran, kann ich aus meiner eigenen Erfahrung hinzufügen. Fast meine ich, die Krankheit war mein Fingerzeig, daß ich meiner Aufgabe im Leben nicht entrinnen kann. Ich hätte sterben können, gut. Aber wer sagt mir, ob ich dann nicht in einem nächsten Leben vor ganz genau den selben Schwierigkeiten und Herausforderungen gestanden hätte wie in diesem auch schon?! Vielleicht gibt es kein Flüchten, für niemanden von uns. Nur einen kleinen Aufschub, vielleicht. Nun gut. Ich war schon fast hinüber und durfte wieder auferstehen. Was konsequent für mich bedeutet: Geh deinen Weg! Kümmere dich nicht um diesen oder jenen und schon gar nicht um den zufällig gerade herrschenden Zeitgeist; sei du, einfach du, Clärchen-Katterine. Es gibt dieses schöne Zitat, dem Sie nur Ihren eigenen Namen hinzuzufügen brauchen, und das mehreren religiösen Weisen zugeschrieben wird: "Wenn ich dereinst vor Gott stehe, dann wird er mich nicht fragen: ‚Warum warst du nicht Angela Merkel? Die Moderatorin Juliane Bartels? Die Schriftstellerin Gisela Steineckert? Mutter Teresa?' Oder: ‚Warum warst du nicht Jesus?' Nein, er wird mich sicher fragen: ‚Warum warst du nicht ClaraKatrin?! Niemand hätte deine Stimme, deine Art, deine Sicht auf die Welt gehabt. Schade, daß du sie nicht ausgedrückt hast. Die Erde wäre dadurch etwas freundlicher geworden.' Zurück auf Anfang und von vorn."

Nein, ich möchte es gern jetzt gleich begreifen. Ich will keine Zeit und kein Glück der eigenen Berufung mehr verlieren.

Solche Dinge gehen mir durch den Kopf, während ich die Stufen des Römerwegs, des Sentiero Romano, hinauf steige. Die Römer hatten wirklich Geschmack, als sie diesen Pfad angelegt haben. Ob sie genau so oft innehielten wie ich beim Kraxeln?

Schon bin ich hoch über den Dächern von Ascona. Ich sehe die Flaniermeile am Hafen, die vielen Eiscafés und Pizzerien; das mondänste *public viewing*, das ich je gesehen habe. Mit vornehm abgespreizten Finger wird hier jeden Abend die Champagnerflöte gelüpft, wenn wieder ein EM-Spiel beginnt. Ein schwimmendes Fußballfeld, ein riesiger Flachbildschirm und für die, die hier Einlaß bekommen, weiße Sofagarnituren, Sonnenschirme und Markisen, sowie extra Nebelsprüher für heiße Sommernächte. Vor dem Eingang zu diesem Schicki-Micki-Freiluft-Fernsehraum stehen wüst aussehende Breitschultrige in dunklen Anzügen. Kein Zweifel, mit diesen Türstehern will sich niemand anlegen.

Mich zieht es dort nicht hin, aber gucken macht mir schon Vergnügen. Ein verborgener Teil in mir ist auch ein Snob. Gern luge ich durch kleine Löcher in Schilfgraszäunen und stelle mir vor, ich würde dort am Pool lümmeln, auf einen makellos gestutzten grünen Rasen schauen und gelangweilt an meinem alkoholfreien Cocktail nippen. Aber ob ich mich dann noch bemühen würde? Noch hungrig genug wäre, um Ideen auszuhecken, zu arbeiten, zu schreiben; geschweige denn: zu Fuß zu gehen? Wenn ich all das nicht mehr tun müßte? Weil ich mir jeden Bestseller samt Verlag selber kaufen könnte, weil vor der Tür ein Chevvy mit Chauffeur wartete – und im Haus, ja, ein Fitneßstudio mit Sauna und eigener Yoga-Lehrerin. (Ja, ich habe dir zugehört und nicht vergessen, liebe finnische Nachbarin, daß es im Yoga keine Lehrer gibt, nur solche, die den anderen auf dem Weg vorausgehen. Denen man auch nichts glauben soll, was man nicht selber anhand eigener Erfahrung überprüft hat. Ich bin so froh, daß ich dich kenne und mit dir gemeinsam üben darf. Das könnte mir kein Geld der Welt erwerben! Übrigens: Ich schwöre, dieses Mal hatte ich dich wirklich aus meinem neuen Buch heraus halten wollten. Meine Absicht stand fest und wankte nicht. Aber was soll ich tun, auf irgend eine mir verborgene Weise hast du dich doch wieder hier herein geschlichen. Ich gebe zu, ich mag es. Der Teil meines Lebens, zu dem du gehörst, ist mir sehr kostbar geworden.)

Also doch: Nein, bitte nicht. Nicht diesen Luxus. Während ich weiter Treppen steige, komme ich mal wieder zu dem Schluß, daß alles gut ist, wie es ist. Als Künstlerin bin ich eh überall zu Hause, in jeder Hütte und in jedem Palast. Literaten werden gern gesehen. Lieber als Journalistinnen jedenfalls! Das ist eine Sache, lieber Leser, liebe Leserin, die kann ich wirklich beurteilen. Ich habe es erlebt.

So soll sie mir willkommen sein, meine innewohnende Bohemienne. Hier in Ascona kann ich sie getrost heraus lassen, und ich bin trotzdem dankbar dafür, daß ich in meiner Casa wohne anstatt in einem der Fünf-Sterne-Hotels nahe des Lido von Ascona. Einen jener Tempel durfte ich sogar besichtigen. Er ist ganz neu und architektonisch sehr achtsam um ein uraltes Gemäuer herum aufgebaut worden. Die Hometrainer stehen direkt in einem steinernen Gewölbe, dem farbig leuchtende Duschen, Glastüren und Klimaanlage hinzu gefügt worden sind. Ich staune über all die Raffinessen und freue mich schon auf den natürlich blühenden, anheimelnden Charme meiner Moscia-Oase. Dem wunderschönen Mädchen am Tresen des Palastes sagte ich ohne

Neid: "Hoffentlich sind Sie glücklich." Schönheit ist so zerbrechlich, und sie ist so ein herzlicher Mensch. Es macht mir nichts, daß ihre langen Haare dick und schwarz sind, meine fein und weißgesträhnt. Man ist nicht eifersüchtig, wenn man wirklich gut mit sich ist.

Jetzt habe ich auf dem Sentiero einen Aussichtspunkt erreicht. Ich setze mich auf ein Bänkchen, esse eine Banane, trinke Wasser. Unten zieht ein Schiff seine Bahn, wohl auf dem Weg zur Insel Brissago. Dorthin möchte ich auch noch. Es soll ein verzauberter Ort sein.

Von unten kommen Leute. "Buon giorno", grüße ich lächelnd und schon sehr melodisch schmetternd; ich glaube, ich sehe bereits ein wenig italienischer dabei aus. Ich gebe den Sitzplatz frei, hucke mir meinen blauen Rucksack wieder auf – so blau wie der Lago Maggiore – und komme erneut in Gang. Schritt für Schritt und Wiegeschritt. Ich habe Zeit, kein Ziel und beginne, zu genießen. Was, um Himmels Willen, soll ich mir mehr wünschen.

»GLAUBE UND TATEN«

In einem kleinen thüringischen Haushalt habe ich einmal mit eigenen Augen gesehen, wie zwei Schwestern nach dem Abendessen Fischbüchsen und Plastikschälchen vom Fleischsalat abgewaschen haben wie das benutzte Geschirr. Warum sie das tun, sich die Arbeit machen, wo der Krempel nachher doch nur weg geworfen wird, fragte ich. Sie sahen mich mit großen Augen an. Für sie lag es auf der Hand: "Wir kennen die Leute von der Müllabfuhr persönlich.", sagten sie. "Wieso dem Kurti und dem Schorsch die Plackerei noch schwerer machen als sie ohnehin schon ist!" Da geben sie ihren Abfall wenigstens sauber und geruchsfrei in die Tonne; es stinkt sonst noch gewaltiger im Dorf und auf der Welt.

Für mich ist das zum Gleichnis für wahre Sorgsamkeit geworden. Wir können die Halden auf der Erde vielleicht nicht mit bloßen Händen abtragen, aber heute unser Anfallendes so abliefern, wie wir selber am liebsten damit umgehen würden, das können wir. Die beiden Thüringerinnen fanden weiter nichts dabei, genau so, wie sie kein Pflegegeld beantragten, als ihre Mutter soweit war – "Sie ist doch unsere Mama!" – , und wie sie ohne viele Worte angeliebte Enkelkinder wie ihre leiblichen behandeln.

Solche kleinen großen Taten scheinen mir hier her zu passen, nach Moscia. Jeden Abend wird das Gemüse frisch geschnibbelt. Es gibt einen eigenen Wasserkreislauf und – obwohl keiner das große Schild "Ökologie und Umweltschutz" missionierend vor sich her trägt – es ist klar, daß hier nichts verschwendet oder kaputt gemacht wird. Jeden Montagmittag wird für kleines Geld zum Reste-Essen geladen. Alle übrig gebliebenen Gerichte der Vorwoche werden neu zusammen gestellt und noch einmal aufgewärmt. Wo andernorts gehungert wird, soll hier wenigstens nichts verkommen.

Matilde winkt mir schon von weitem zu, heute nehmen wir die Plätze am Tisch mit Blick auf den See. Die Mahlzeitengemeinschaft läßt jeden mal in den Genuß kommen. Inzwischen wissen alle, was ich beruflich mache, und nun wird gespottet. "Jaaa, wenn wir uns nächstes Jahr an diesem Platz alle wieder treffen, dann ist es mit der Beschaulichkeit vorbei.", prophezeit Matildes Mann. "Dann kreuzen hier draußen auf dem Wasser die Paparazzi, und ich muß sie mit meinem Rücken verdecken, damit die Clara noch in Ruhe essen kann."

Sie trauen mir die Prominenz über Nacht beziehungsweise über's Jahr zu, und ich amüsiere mich mit ihnen über die Vorstellung. Ob das wirklich schön wäre? Was fehlt mir denn zu meinem Glück? Gar nichts. Eine Botschaft, die meine kleine ehrgeizige Einserschülerin im Innern manchmal nicht gern hören will. Sie hätte nichts gegen ein Stück vom großen Kuchen, auch, wenn sie schon oft bemerkt hat, daß all das verzweifelte Streben, wonach auch immer, ihr nichts eingebracht hat außer weiteren Blessuren. Sie kann nicht anders, sie würde sich zur Not auch selbst aufessen, nur für ein Lob und eine Anerkennung. Zum Glück hat sie ja mich, ihre große Verbündete. Dadurch bleibt alles im Lot. Ich höre sie, streichle sie, bis sie sich wieder entspannt, dann gehen wir gemeinsam weiter, lachen zusammen, im besten Falle. Humor ist eine Form von Weisheit.

Während das Echo unserer albernen Ausgelassenheit

noch in der Luft hängt – ist Ausgelassenheit eigentlich eine höhere Form von Gelassenheit? – sehe ich, wie Tränen in einen Teller mit Spaghetti tropfen. Eine der beiden Tischnachbarinnen, die offensichtlich zusammen gehören, weint. Sie sieht, daß ich es bemerkt habe und entschuldigt sich: "Ich bin im Moment ein wenig kraftlos." Steht auf und will gehen, wohl, um uns anderen nicht die fröhliche Stimmung zu verderben. Aber wir lassen das nicht zu, bitten sie, zu bleiben. "Ist doch besser, als eine Maske zu tragen!", sagt Matildes Mann. "Wir haben Zeit, falls Sie reden möchten.", fügt Matilde hinzu. "Wollten wir nicht "du" sagen?", schnieft die Angesprochene, die sich tatsächlich wieder hinsetzt. "Ich bin Elsbeta, und das ist meine Freundin Mila. Sie hat mich zu dieser Reise überredet." "Du mußtest einfach mal raus.", sagt Mila und legt Elsbeta tröstend ihre Hand auf den Rücken. Und dann erzählen sie, wie mit verteilten Rollen; vertrauen uns, ihrer vorübergehenden Tischgemeinschaft, die Geschichte an, die sie hierher geführt hat.

In dem Alter trennt man sich doch nicht mehr, sagen die Leute, auch in der Schweiz. Elsbetas Eltern haben es trotzdem getan, und zwar, als wirklich niemand damit rechnen konnte. Er war 72, sie 68, da schauten sie einander ins Gesicht und wurden plötzlich ehrlich. Ein fataler Irrtum, das mit ihnen beiden, und noch sei Zeit, ihn zu berichtigen. Sie taten wirklich ihr Bestes, mit der neuen Erkenntnis umzugehen. Lange, lange, Monat für Monat, konnten sie danach weder mit- noch ohne einander, verhielten sich wie in der Pubertät. Kaum war er das erste Mal bei ihr ausgezogen, schon vermisste sie ihn und rief ihn wieder zu sich zurück. Was nicht sehr lange gut ging. Ein paar Tage vielleicht, ein neuer Versuch, ein Ehelager, dann fanden sie es nicht mehr auszuhalten miteinander. Und die erwachsenen Kinder, Elsbeta, ihre zwei Schwestern und ein Bruder, versuchten, sich einzumischen, zu vermitteln. Es wurde ein Chaos, in dem alle Nerven ließen. Elsbeta hat ein Bild dafür: "Wißt ihr, wie das für mich aussieht, wenn die Nerven blank liegen? Lauter hellblaue, durchsichtige Schnüre, die den Körper verlassen haben, sich wie zarte Schlangen am Boden winden und jedem Hauch, jedem Tritt schutzlos ausgeliefert sind. Ich wollte das schon einmal malen. Vielleicht mache ich das noch. Wenn ich wieder Zeit und Muße dafür habe."

Insgesamt einundzwanzig Mal trennten Vater und Mutter sich, und kamen zwanzig Mal wieder zusammen. Zuletzt wollten alle Beteiligten an diesem späten Drama nur noch eines: Wenigstens wieder einmal eine Nacht in Ruhe durch schlafen, und keiner konnte den anderen auch nur mehr sehen. Es war nichts zu retten. Der Riß blieb.

Mutter nahm zwölf Kilo ab und sah um viele Jahre älter aus. Und da stand ihr das Schlimmste noch bevor.

Nachdem Vater vier Monate lang allein gelebt hatte, ohne sie und ohne Hoffnung auf den Lebensabend, den er sich immer vorgestellt hatte, da wollte er ein Ende machen, aufgeben. Keiner aus der Familie hatte geahnt, daß er die Ampulle schon einige Zeit bei sich trug. Er hatte lange vorgesorgt, war sogar dieser Gesellschaft beigetreten, die den Übergang angeblich leichter werden läßt. Eines Vormittags lag er in diesem Bett in jenem kahlen Zimmer, und eine Krankenschwester hielt seine Hand. Den Rest würden wir jetzt nicht für möglich halten, sagt Elsbeta und putzt sich tapfer ihre Nase. Ein Funke sprang über, und die Schwester zerschlug das Glasröhrchen mit dem

Gift im Badezimmer. Nun sind die beiden ein Paar, der Lebensmüde und sein verhinderter Todesengel. So kann es gehen, und das Leben schreibt – wie immer – die besten Geschichten.

Jetzt leben sie damit. Die Mutter mit ihrer späten Eifersucht und ihrem Liebeskummer. Der Vater mit seinem dritten oder vierten Frühling. Elsbeta mit der besten Freundin und der freundlichen Natur am Lago. Für den Augenblick jedenfalls. "Du mußt jetzt wirklich mal auf andere Gedanken kommen.", hatte Mila sie regelrecht unter den Arm geklemmt und zu dieser Reise überredet.

"Du mußt auf andere Gedanken kommen." So ist es. Es hilft, auf andere Gedanken zu kommen. Warum schätzen wir die einfachen Sätze und überlieferten Volksweisheiten gern so gering und nehmen erst den langen Umweg über Psychoanalysen, Tiefentherapien, Selbsterforschungen – um ganz am Schluß dann doch wieder bei ihnen anzukommen, bei den ganz simplen, auf den Punkt gebrachten Lebenserfahrungen unserer Ahnen. Da kann ich mir die Antwort gleich selbst geben, falls das überhaupt eine Frage war und keine Rhetorik. Weil wenigstens jemand wie ich alles erst mal selber überprüfen muß, mit eigenen Augen, Ohren, blank liegenden hellblauen Nerven; durch eigenen Versuch und Irrtum aus- oder einschließen. Mag sein, das ist ein Umweg. Mag genau so gut sein, das ist bereits der Weg.

Vielleicht stimmt es, und in dem Alter trennt man sich wirklich nicht mehr. Vielleicht vergällen sich zwei aber auch ihren Lebensabend, wenn sie trotzdem beieinander bleiben.

Ich weiß es nicht, und ich kenne auch niemanden, der

darauf die endgültige Antwort geben kann.

Was mich freut, ist, daß wir hier tatsächlich fast so miteinander reden können, wie ich es sonst nur aus den Gruppen des offenen Visiers kenne. Das tut gut, sich so mitmenschlich zu begegnen.

Meine Künstlerfreundin würde jetzt vielleicht wieder den Kopf schütteln: "Mensch, Clara, hatte ich dir nicht gesagt, du sollst mit diesem Gutmenschengedöns aufhören?! Deine Bücher vertragen ruhig eine Prise Boshaftigkeit." Na ja, liebe Künstlerfreundin, schau´n wir mal. Wir sind ja noch lange nicht am Ende dieser Reise, dieser Tage im Tessin, dieses Büchleins angekommen. Wer weiß, vielleicht lasse ich die dunkle Seite auch noch raus. Aber bestimmt nicht mit Gewalt, und schon gar nicht, weil du das so von mir erwartest. Lies einfach weiter und laß dich überraschen. Du wirst schon sehen. Ich weiß es doch auch nicht.

Mila steht auf, reicht Elsbeta ihre Hand. "Wir wandern heute ein wenig im Centovalli, dem Tal der tausend Täler. Möchte vielleicht jemand mitkommen?" Aber Matilde und Eric haben eigene Pläne, und ich will, wie immer, alleine sein. Also gehen wir für diese Mahlzeit auseinander. Die nächste kommt bestimmt.

Bevor ich den Essenssaal verlasse, fällt mir eines der vielen anwesenden Kinder auf. Sie sitzt beziehungsweise steht in einem Klemmstühlchen am Tisch und starrt mich mit riesigen schwarzen Augen an. Ein kleines dunkelhaariges Mädchen, das sofort zwei untere Zähne blitzen läßt, als ich es auch anlächle. Sie fängt vor Freude an zu hüpfen in ihrem Stehsitz aus dickem Segeltuch; die speckigen Knie federn auf und ab. "Diese Babysitze, die sehe ich hier zum ersten Mal.", sage ich zu Matilde, die ebenfalls gerade im Gehen ist. Sie blickt mich merkwürdig von der Seite an. "Wieso? Was hattet ihr denn in der DDR, als deine Kinder klein waren?" "Wir haben sie auf den Schoß genommen. Das ging reihum. Wer fertig war mit essen, schob sein Geschirr aus Fuchtel-Reichweite der kleinen Entdecker und Anfasser; signalisierte Übernahme-Bereitschaft. ‚Komm, gib ihn/ gib sie mir. Dann kannst du auch in Ruhe Kaffee trinken.'" Matilde bedenkt mich mit diesem Gesichtsausdruck, den ich von meinen Nichten und Neffen her so gut kenne. "Geschichten aus einer versunkenen Zeit", scheint diese Miene zu sagen. "Was, damals hast du schon gelebt, Tante ClaraKatrin, als es die Ossis und ihre Republik noch gab?", hatten die jugendlichen Nachkommen einmal ganz direkt gefragt. Sie, die jetzt in Rheinland-Pfalz zur Schule gehen, konnten es nicht fassen, daß es jene sagenumwobene Spezies auch in ihrer Verwandtschaft, gar von ihrem Blute gab.

»DER GUTE VATER«

Der blaue Rucksack hat ein wenig Schaden genommen. Ich hatte ihn wohl zu voll gepackt bei meiner abenteuerlichen Herfahrt. Nun ist der wasserdichte dünne Anorakstoff einmal quer gerissen, und ich brauche das Behältnis doch noch dringend zum Herumstreichen und Spazierenlaufen. Techniker haben mir schon oft geholfen; der Homo Supportus, Homo Administratus und der Homo Reglerus Schieberus haben – nach allem, was ich davon verstehe – das Herz auf dem richtigen Fleck. Also steuere ich auch jetzt voller Vertrauen das ete-petete-public viewing in Ascona an; jenes, das ich Ihnen vorhin schon beschrieben habe, das mit den Feuchtigkeitssprühern und den blütenweißen Prosecco-Couchtischgarnituren. Es gibt sie dort tatsächlich, die ganz normalen Tontechniker mit Jeans, T-Shirts, den goldenen Kreolen im Ohr und langen zusammen gebunden Zöpfen, die den Piraten im Inneren verraten.

Selbstverständlich haben sie ein Stückchen Gaffa-Klebeband für mich; das ist schwarz, stabil und hält wie Ast (an dieser Stelle meine Frage an die Fernsehsendung "Genial daneben" mit dem herrlich lebensverbeulten Hugo Egon Balder: Woher kommt eigentlich dieser Ausdruck., etwas hielte "wie Ast"? Nichts zerbricht doch leichter im Sturm als der Ast eines Baumes, oder? ...). Ich repariere meinen zerliebten Rucksack provisorisch und denke an meine Oma Clara, die so ähnlich ihre Häkelnadeln umwickelt hat. Wozu ein neues Woll-Verarbeitungs-Werkzeug kaufen, wenn das alte noch gut ist?! "Professorisch", hat sie immer gesagt – wie sie auch unbekümmert Pfortzietzje sagte, wohl wissend, daß die gelbblühenden

Hecken Forsythien sind – "professorisch" repariert sie das. Und so lagen in ihrem Nähzeug viele Dinge herum, die mit Tesafilm gekittet waren oder dadurch überhaupt nur noch zusammen hielten.

Professorisch hält mein Lago-Maggiore-blauer Rucksack übrigens auch jetzt noch zusammen, wo ich dies hier schreibe, und wo meine Mutspringerei ins Tessin fast ein Vierteljahr zurück liegt. Manchmal streift ein kritischer Blick die Klebestelle am Gewebe auf meinem Buckel, aber wie meiner Oma ist auch mir das vollkommen egal. Hauptsache, es hält.

Professorien halten eben am längsten.

Ich bin abgeschwiffen, aber dafür bin ich ja auch hier. Um herum zu schlendern und im Geiste hin- und her zu schweifen. Es gefällt mir immer besser. Schon muß ich mich sanft daran erinnern, daß dies ja eine Auszeit ist und kein Alltag. Bliebe ich tatsächlich hier, wie mein Leichtsinn mir einreden will; ließe ich mich hier für immer nieder, ich müßte auch den Steuerkrempel tun und Zahnarztbesuche und Ämterpost.

Aber ich lebe ja im Heute, und heute gehe ich gerade am Hafen von Ascona entlang, lasse die schicken Menschen in den Cafés mich ansehen und schwenke nach links, wie von magischer Hand geführt. Es legt gerade ein Schiff an, in halsbrecherischem Tempo und mit laut vernehmbaren Rumpeln am Quai. Ich denke immer noch nicht bewußt darüber nach, was ich da tue, als ich zur Kassa gehe und frage, wo der Dampfer denn als nächstens hinfährt. Für zwölf Franken fünfzig zur Isole de Brissago, zur botanischen Insel, die mich so an mein Eiland auf der Spree erinnert. Bevor ich noch weiß, was ich tue, habe ich schon bezahlt, mein Ticket samt einem kleinen Hochglanz-Prospekt in Empfang genommen und gehe an Bord. Natürlich habe ich Angst davor, daß wir untergehen könnten. Ich habe ja vor allem möglichen Angst. Manchmal denke ich, im Laufe meines Lebens habe ich mir so viele verschiedene Ängste eingesammelt, daß ich mir nicht sicher bin, ob ich ein paar davon einfach behalten sollte oder ob ich sie nach und nach alle loslassen beziehungsweise überwinden muß.

Na ja, nun sitze ich jedenfalls hier, auf schwankenden Planken, und ich hoffe, daß ich dem italienischen Seefahrer-Temperament vertrauen kann. Der Lago Maggiore allein ist schon mysteriös genug. Auf der linken Seite ist alles schwarz, der Himmel "wie ein Monnekuchen" (ein Mohnkuchen, hier spricht wieder meine liebe Großmama), Blitze zucken über den noch schneebedeckten Gipfeln der Alpen. Es scheint ein Regenvorhang heran zu dräuen, und ich im leichten Hemdchen auf einer Nußschale (wann mag wohl die letzte Wartung der Maschinen gewesen sein?), ohne Schwimmring oder doppelten Boden. Nein, das ignoriere ich jetzt einfach und wende meinen Blick nach rechts. Dort scheint die Sonne, Surfer wiegen sich auf den Wellen unter einem strahlend blauen Himmel. Der Lago ist eine Diva! Links ein Donnergrollen, rechts ein Hochsommertag. Ich kann mir aussuchen, welcher Seite ich mich zuwende, und ich bleibe bei der heiteren, lichten. Wenn wir schon kentern, dann aber mit optimistischer Grundhaltung!

Zum Blütenduft der kleinen Windmühlen kommt jetzt noch der des würzigen Wassers. Ich möchte die Nasenflügel nach außen aufstülpen, so intensiv ziehe ich die Luft ein. Mitten auf dem See ist mir ehrfürchtig zumute.

Von Mick Jagger habe ich neulich gelesen, er wünscht sich, ein Schriftsteller zu sein. Klar, der berühmte Musiker wäre jetzt lieber ein Autor der längeren, ausführlicheren Form. Und ich möchte bei diesem Anblick immer noch malen können. Hermann Hesse hats getan, Goethe auch. Und der Maler wäre gern der Dirigent in einem Sinfonieorchester. Der Geiger lieber ein Komponist. Während jener den Fotoapparat zückt, um sich vom Noten schreiben zu erholen. Mich wundert es nicht, daß Künstler ihr Metier wechseln, von Zeit zu Zeit, auf der Suche nach dem besseren Ausdruck. Aber mir will sich heute keine Zeichnung eingeben. Ich kritzele einige dürre, völlig unzureichende Worte in mein Notizbüchlein, klappe es dann zu, verstaue es unter dem klebrigen Gaffa-Band in der vorderen Rucksacktasche. Jetzt muß das Schauen genügen.

Was mir auffällt: Obwohl der mächtige See von Hochgebirge umgeben ist, wirkt er dennoch ganz weit und luftig und frei. Die Berge erdrücken nicht, sie grüßen, begrenzen und stärken zuversichtlich aus der Ferne. Ich kann inmitten von ihnen atmen und fühle mich geborgen. Wie ein guter Vater für eine erwachsene Tochter, denke ich. Er drückt nicht, grüßt nur und stärkt aus der Ferne. Läßt Raum zum Atmen, findet einen Widerhall, gibt Kraft.

Der Berg und der Vater.

»ISOLE DE BRISSAGO«

Mit schnarrender Stimme wird die Ankunft unseres Schiffs verkündet: "Isole de Brrrrrisaaagooo!!!" Ein Schwarm Wasservögel klatscht erschrocken in die Flügel. Eigentlich kennen sie das ja schon, am Tag kommen viele Ausflügler hier an. Aber sie sehen sich wohl als Teil der theatralischen Inszenierung. Wenn sie nicht ein wenig Hysterie vortäuschten, wer weiß, ob sie dann überhaupt jemand bemerken würde.

Einen verwunschenen Buckel im See betreten. Ich weiß nicht, warum ausgerechnet hier, auf dieser Miniatur-Insel im Lago Maggiore, aber die Eingebungen sind dicht und greifen auf der Stelle nach mir. Ich kann gar nicht so schnell mitschreiben, wie Ideenbilder sich einstellen.

Brissago ist kaum größer als ein Wohnzimmer, aber schmale Pfade durch ein grünes Dickicht täuschen einen Dschungel vor. Ich tauche ein und könnte ewig so im Kreis laufen. Kaum meine ich, mich wirklich in exotischem Blätterüppicht verirrt zu haben, schon öffnet sich wieder ein unverhoffter Blick auf den See, einer malerischer als der nächste. Überall stehen Bänke, ich nehme auf jeder einmal Platz, schon um die Kladde hervor zu kramen und einen Satz zu schreiben. Die Möwen lachen mich aus dabei.

Im Weitergehen treffe ich auf einen älteren Mann, der aus allernächster Nähe eine große dunkelrote Blüte betrachtet. "Ob das eines dieser Hülsengewächse ist, die im Prospekt beschrieben werden?", fragt er nach hinten. Er muß mein Herankommen wohl gespürt haben. "Ich

weiß nicht.", antworte ich Botanik-Unkennerin wahrheitsgemäß. "Dich kann man aber auch fragen, was man
will!", entgegnet er ärgerlich. "Ja, das stimmt. Tut mir
wirklich leid.", lache ich. Der Mann fährt herum, wird
selber rot wie die Blume. "Oh, Verzeihung", sagt er. "Ich
dachte, Sie wären meine Frau. Wo ist die eigentlich?"
Und schaut sich suchend um, während ich noch "Macht
doch nichts..." sage.

Vielleicht ist es auch ein Vorteil, daß ich pflanzenbio-
logisch so wenig weiß, denn so sehe ich in dem, was um
mich herum wächst, ganz anderes, Fabelwesen und
Gespenster. In einem Treibhaus weist mir ein Wurzel-
geist den Weg. Mit seiner langen, knorrigen, braunen
Nase ragt er aus einem großen Steinguttopf und läßt seine
langen, grauen Haare bis zum Boden hängen. Auch ich
greife mir in mein Gelock. Ja, ein klein wenig müssen wir
uns ähnlich sehen, wenigstens, was die Frisur angeht.
Probehalber fasse ich seine Strähnen an. Gut, sie sind
feucht und strohiger als meine. Aber sonst... – "Nun laß
es gut sein.", sagt er freundlich. "Geh weiter und laß mir
meine Ruhe." Also subtrahiere ich mich, nicht ohne ihm
einen guten Wunsch da zu lassen.

Und was ist das? In einem Blumentopf scheinen Mäuse
kopfüber zu stecken. Man sieht nur die rosa Pfötchen und
grauen Fellflaum, der Rest verschwindet in der Erde. Ob
ich die Tierchen retten soll? Ein Langschwanzaffe turnt in
einem Gummibaum herum und raunt mir zu: "Nein,
schon okay, uns geht es gut. Die Mäuse da gehören zu
einem exotischen Kaktus, und ich bin in Wirklichkeit
eine Liane. Schau doch mal genauer hin und nimm vor
allem deine Phantasiebrille ab. Dann siehst du uns, so,
wie wir sind." Darüber wäre noch zu philosophieren,

lieber Makake, wer ist hier "wie"? Ist nicht alles immer auch ein wenig anders? Und wir können niemals wissen, wer den rechten Sinn dafür hat.

Mir ist nicht nach einer Diskussion mit der Flora oder Fauna; auch die Möwen höre ich schon wieder kichern.

Um die nächste Biegung sehe ich ein Ehepaar, gebeugt über einen üppigen Strauch. "Das ist schön, Sie haben Ihre Frau gefunden!", rufe ich dem Mann zu, als ich ihn wieder erkenne. Die Frau dreht sich um, sie sieht jugendlich aus mit ihren schätzungsweise über Siebzig. "Ach, Sie sind das also.", leuchtet sie mich an. "Mein Mann hat mir schon erzählt, daß er aus Versehen eine wildfremde Frau angesprochen hat."

Das gibt ein Echo in mir. "Fremd" – ja, Aber "wild"? Woher stammt nun wieder dieser Ausdruck. Soll ich noch einmal Hugo Egon befragen? Ich grübele und grübele und komme auf keine Lösung.

Von Brissago aus zurück nach Ascona gibt es eine lange und eine kurze Tour. Zwanzig Minuten oder eine knappe Stunde, zum selben Preis. Ich nehme die ausführliche Strecke, bin froh, als ich zwischen lauten britischen Touristen einen Platz auf dem Vorderteil des Dampfers gefunden habe und staune, als wie ausgedehnt der See sich erweist, wenn man mitten drauf ist. Im Wegfahren sehe ich auf der noch kleineren Brissago-Insel, die für die Öffentlichkeit nicht zugänglich ist, Goethes Gartenhaus, wie ich es aus dem Ilm-Garten in Weimar kenne. Zu Hause muß ich unbedingt nachschauen, ob er es diesem hier nachempfunden hat, aber im Internet komme ich zu keiner endgültigen Antwort. Jedenfalls sieht es genau so aus, und wieso eigentlich nicht! Der alte Johann

Wolfgang, mit dem ich praktisch groß geworden bin, in einer thüringischen Goethe-Stadt, ist schließlich oft genug gereist und auch in Richtung Italien.

Jetzt verschlägt es mir wieder die Sprache. Umgeben von so viel Schönheit in grün, blau und golden werde ich stumm. Das alte John Maynard-Gedicht taucht in mir auf, mit dem ich schon als Schulkind Erfolge feierte, als ich es dramatisch vor meiner Klasse rezitierte. "Die Schwalbe fliegt über den Erie-See, Gischt schäumt um den Bug wie Flocken von Schnee..." – Ach, lieber Theodor Fontane, laß dies Schiff hier bitte nicht so enden wie die Schwalbe, und mich nicht wie John Maynard, den Steuermann. Lieber ängstlich und im Verborgenen lebend als tapfer und heldenhaft tot.

Wir legen pünktlich und wie üblich schwungvoll in Ascona an. Niemand ist unter- oder über Bord gegangen, und ich bin wieder mal ein kleines Stück gewachsen.

Jetzt habe ich Hunger.

»DER ROCK«

Im noblen Ascona gibt es zum Glück auch bezahlbaren Imbiß. In einem Restaurant kann man zum Beispiel halbe Portionen Spaghetti mit Olivenöl, Knoblauch und Peperoncini bekommen, selbst gebackenes Graubrot und Parmesan-Reibekäse natürlich gratis dazu. Das bringt mich über den Tag, bis zum Abendessen in Moscia. Ich sitze unter Sonnenschirmen, in der Fußgängerzone der Altstadt. Während ich an meinem Tonic Water und Espresso doppio nippe, kann ich gleichzeitig die Auslagen der umliegenden Geschäfte betrachten. Ein Buchladen, ein Lebensmittelhändler mit den buntesten Sorten Pasta in allen Dicken und Längen. Und eine asiatische Modeverkäuferin, die durch ausgehängte wehende weiße, türkise, rosa Seidenschals auf sich aufmerksam macht.

Da sehe ich ihn das erste Mal, den Rock.

Er ist nicht einfach nur ein Kleidungsstück, er ist ein Kunstwerk aus Textil.

Wäre er nicht aus reiner Seide, und wären seine Farben nicht so geschmackvoll ausgewählt, er könnte leicht kitschig wirken, billig wie die Bananenröcke, nach denen wir Ostlerinnen früher angesichts seltener Westkataloge lechzten. In geschwungenen Bahnen schmiegen sich die edlen Fähnchen aneinander, vereinen sich zu einem weit schwingenden Gewand, in dem man sicher tanzen möchte, wenn man es erst mal trägt. Ich denke, ich müßte mich wie eine Mischung aus Zigeunerin, Prinzessin und Zauberin fühlen in so einer zweiten Haut. Natürlich müßte ich sehr selbstbewußt sein, ohne dies ginge es nicht. Wer so einen langen, bunten Rock in gold, rostbraun, lila, alt- und jungrosa, bläulich ausführt, der kann sich sicher sein, sogar in der Großstadt die Blicke auf sich zu ziehen. In kleinen Dörfern würde eine solche Frau wahrscheinlich gleich geächtet. Vielleicht verbrannt. Oder verehrt. Je nachdem.

Ich träume mich in die Stoffbahnen hinein. Sie winken mir zu.

Die Verkäuferin hat sie strategisch günstig aufgehängt. Jede kleine Brise vom See her haucht dem herrlichen Textil Leben ein. Es tanzt, auch ohne Mensch darin.

Von mir werden sie mal sagen: "Sie hat einen guten Mann gehabt." Am Ende vereinfachen sich die Aussagen, und so reden nun mal die Frauen. Sie hätten recht. Das habe ich wirklich, einen guten Mann. Meine Zeit will mir zwar einreden, das haben wir alles selbst gemacht; daß wir so klug an unserer Beziehung "arbeiteten", die ganze Psychotherapie absolvierten, die einschlägigen Bücher lasen, Gesprächstechniken probten, nur niemals "du" sagen, sondern immer "ich", nicht mit den Schmerzen der Vergangenheit argumentieren, dem Heute eine Chance geben. Immer üben, üben, weiter üben. Aber manchmal kommen mir so leise Zweifel. Haben wir wirklich so vieles selber in der Hand? Oder fallen uns die Dinge nicht auch zu? Ich weiß es nicht. Ich weiß nur, daß ich keine Ahnung davon habe, was für andere Menschen gut und richtig ist – auch, wenn ich mir dies oft angemaßt habe. Ihr wißt, wovon ich spreche, und es tut mir leid. Mit der Zeit ahne ich aber zumindest, was mir selber gut tut und was nicht. Der Mann tut mir gut. Und die alten, vereinfachten Weisheiten auch. Sollen sie ruhig sagen, ich hätte in der Liebe Glück gehabt. Es stimmt ja auch. Ich würde am liebsten davon abgeben, jedem, wenn das ginge. Aber das kann ich nicht. Und so schaue ich auf das Stückchen Stoff im Rock, auf dem kleine braune Menschen über eine beige Welt lustwandeln. Ein Kind klettert auf eine Palme, ein anderes springt Seil, Mütter bewegen sich zwischen Kochgeschirr, Spielplätzen, Musikinstrumenten und alten Leuten, gebeugt am Stock, hin und her. Dazwischen Tiere – Vögel, Nutzvieh, Schlangen, Rehe – und Pflanzen, Bäume, Zweige, Sträucher. Auf dem schmalen Streifen Seide – nur einer von zehn, zwölf oder fünfzehn, die das gesamte Textil bilden – befindet sich eine ganze Welt. Weil die Stoffbahn gebogen ist, wirkt diese Welt runder, lebendiger. Jetzt möchte ich näher heran gehen, genauer sehen, was dieser seltsame Rock mir noch beschert. Ich zahle mein Essen und die Getränke, wechsele nach drüben, auf die andere Straßenseite. Die Asiatin schaut mich freundlich an.

"Sie möge de Röckle, oddrrrr?!", sagt die zarte Vietnamesin mit ihren langen schwarzen Haaren in allerfeinstem Schweizer Dialekt. "Ja.", gebe ich zu und frage vorsichtig nach dem Preis. Als ich den höre, wird mir klar: Diesen Rock kann ich nur bewundern, nicht besitzen.

Seufzend frage ich, ob ich noch ein wenig bleiben darf und schauen. Die Verkäuferin hat nichts dagegen. Sie kennt die weibliche Psyche und hofft auf Übermut. Wie recht sie damit hat! Ich kann nicht zählen, wie oft in meinem Leben ich schon etwas Schönes käuflich erwarb, das eigentlich mein Konto sprengte. Mal habe ich es schwer bereut, mal weniger. Jetzt jedenfalls erledigt sich die Sache schon im Ansatz. Das geht nicht. Zu schmal ist meine Reisekasse und die Aussicht auf künftiges Honorar. Egal. Gucken ist ja erlaubt. Und so gucke ich, gierig und sehnsüchtig.

Noch eine andere Geschichte wird erzählt, auf einer Stoffbahn in schwarz und in weiß. Eine Savanne zeigt sich hier, voller Steine und dickblättriger Pflanzen, Kakteen. Verborgen hinter üppiger Vegetation liegen Liebespärchen, eng umschlungen. Sie genießen einander, trinken die geliebten Gesichter mit den Augen, erforschen jede weiche Stelle Haut. Sie tun dies jeweils nur zu zweit und geben sich der Welt nicht preis. Ich kann das gut verstehen. Es ist modern geworden, jedes Fältchen, jede Körperstellung, jeden Zentimeter menschlicher Anatomie bloß zu legen, detailliert zu beschreiben, einschließlich aller Spielarten, Säfte, Auswüchse. Ich nehme das zur Kenntnis und versuche, zu verstehen. Ja, ja, die Prüderie der muffigen Jahrhunderte. Vielleicht tut es not, danach erst einmal ins andere Extrem zu schwenken. Meine Sache ist dies nicht. Ich denke, wir kommen den wahren Geheimnissen nicht näher, wenn wir Spalten und Ritzen an uns selber ausleuchten. Immer noch mehr und immer noch tiefer. Nein, wir täten besser daran, meine ich, ein Licht in die Spalten und Ritzen unserer Seelen zu senden. Dann klappt's auch mit dem Sex, ich schwöre es Ihnen.

Auf meinem Seidenstoffbahn-Kino bewegt sich leise ein Zweiglein, fächelt ein Palmwedel den Verschwitzten Kühlung zu. Sie lieben sich, sie beten zu zweit mit ihren Körpern. Dabei will ich nun nicht weiter stören, ich schaue die nächsten Teile an, aus denen mein unerschwinglicher Rock gemacht ist. Ein kleines Dreieck in Gold, Perlenstickerei auf schwarzem Grund, Spiegelchen

in verschiedenen Farben eingefaßt; eine grüne Blumen-
wiese, silbrig-türkise Ornamente von der Tapete aus
einem Palast. Hier leben viele ganz verschiedene
kulturelle Einflüsse auf engstem Raum friedlich neben-
einander. Und nichts wirkt billig oder "professorisch".
Sogar der Unterrock ist sorgfältig eingenäht und franst an
keiner Stelle aus. Die Bindebänder in der Taille laufen
aus in kleine grüne Kelche; hier hat die Näherin wirklich
Wert auf jede kleine Einzelheit gelegt – und sicherlich
beim Sticken, Tackern, Fädeln geträumt – so, wie zu
allen Zeiten sich Frauen über ihre Handarbeit hinaus
geträumt haben. *"Lieb ein Mädchen, das Beste, das es
gibt. Geht nicht gern, doch sie geht in die Fabrik.",* sang –
auch wieder während der Jahre des verträumten Landes –
die Gruppe Renft. Eines der schönsten Liebeslieder aus
der Rockgeschichte, die ich kenne. *"...Und ihre warme,
erfinderische Hand wird zur Maschine, acht Stunden lang
am Band. Doch mit dem Kopf, da kann sie machen, was
sie will, denn der Kopf hat immer frei dabei. Er baut
Geschichten und Schlösser in der Still'. Und die erzählt
sie mir am Abend, wenn sie will. Und hat dann - auch die
Hände wieder frei."*

Ich kann mich ganz genau daran erinnern, wie das war.
Ich selbst habe winzige Kohle-Elektronik-Bauteile
sortiert, am Fließband. Kleine Lakritzestückchen, deren
Anblick mich mit der Zeit schwindelig machte. Habe
Goldränder an Porzellantellern in staubigen Maschinen
poliert. Wie ein Rücken wölbte sich ein Plexiglasband
mir entgegen, zum Schutz, wenigstens, des Gesichts.
Rechts und links griff ich unter diese schmale Haube,
einen Teller in der Hand. Drunter drehte sich ein Rad aus
Glaswollfasern, das zwar die güldene Bemalung auf dem
Geschirr zum Blinken brachte, das aber gleichzeitig

mikrofeine Stacheln abgab, die sich mir direkt in die Hände und die Unterarme bohrten. Ich hätte schreien mögen, jeden Abend in der Badewanne, mit wunden, feuerroten Extremitäten, aus denen ich die Mini-Mini-Stäbchen nicht entfernen konnte, die mich piekten, juckten, quälten. Es scheint mich jetzt noch zu piesacken; ich kratze mich beim Schreiben. Trotzdem liebte ich auch diese Arbeit; ich höre heute noch das Scheppern von Porzellan und freue mich, wenn das Muster darauf schön glänzt und ebenmäßig aufgebracht ist.

Ich verpackte Glühlampen bei "NARVA", trennte Kartoffeln von Feldsteinen, backte Brezeln in Nacht-schicht und verkaufte sie tagsüber beim Solidaritätsbasar der Berliner Journalisten auf dem Alexanderplatz. Im ver-sunkenen Land wurde Wert darauf gelegt, daß zukünftige Kopfarbeiter die Arbeiterklasse aus allernächster Nähe kennen lernten; daß wir auch unsere Hände gebrauchen konnten. Ich war damit sehr einverstanden, bin heute noch zufrieden damit, daß das so gewesen ist. Wir sollten keine arroganten Schnösel werden, keine Elite im Elfen-beinturm.

Aber das Schönste war tatsächlich dieser freie Kopf dabei. Als ich töpferte in Arbeitstherapie, als ich eigenhändig Kohlen schippte; wenn ich heute einen Schutzengel häkele, eine Mahlzeit schnippelnd vorbereite, mit der Hand abwasche oder eine Hose umnähe, dann weiß ich diesen Effekt immer noch zu schätzen: Die Gedanken haben loses Spiel. Nicht selten kamen mir nächste Buch- oder Kapitelideen gerade bei einem Hand-Werk. Der Inspiration ist es egal, wann, wo oder wobei sie dich trifft.

Nun muß ich mich aber sputen; ich möchte es ja rechtzeitig zum Abendbrot-Läuten nach Moscia schaffen. Ein letzter Blick auf den Rock, der mir so viele Geschichten erzählt oder wieder in Erinnerung gerufen hat. Die Schweizer Asiatin lächelt wissend. Sie scheint zu ahnen, daß ich wieder komme. Tschüß, Frau und Rock; was sein soll, das wird geschehen.

»Immer die richtigen Bücher«

"Wie Sie Ihr süchtiges Kind heute noch in Liebe loslassen", steht in großen blauen Lettern auf dem Buch, das Matilde mir freudestrahlend entgegen hält, als ich über die Passerelle in meine Oase zurück kehre. "Sie haben hier wirklich für alles ein Buch!", sagt sie. "Elsbeta und Mila lesen auch schon. Irgend was über Eltern, die sich trennen." Offenbar hat meine Tischgemeinschaft einträchtig im Sonnenschein auf der Piazza beieinander gesessen und geschmökert. Ich habe volles Verständnis. Wer, wenn nicht ich! Auf meinem langen Weg der Suche – wonach eigentlich? – fanden auch mich immer genau die richtigen Bücher, in jeder Lebenslage und jeder einzelnen Situation. Ich weiß noch, wie ich in einem Zug saß, der mich aus dem Vogtland nach Berlin bringen sollte, und der ganz plötzlich in Dresden zwei Stunden Aufenthalt hatte. Kein Mensch hätte das vorhersehen können, es gab ein technisches Problem, glaube ich, mich zu erinnern. Wie in Trance lief ich einfach los, die breite Straße entlang, eigentlich ohne Ziel, aber wie immer angezogen vom nächsten Buchgeschäft. Es ging mir schlecht an diesem Tag. Ich zitterte und mir war übel. Nach wochenlanger selbst verordneter Abstinenz war ich in einem Jugendclub des Nachts vermeintlich "unter die Lebenden" zurück gekehrt, sprich: Ich hatte lautstark wieder zu gelangt und alle anderen noch zum Mittrinken eingeladen. Die warnende leise Stimme in mir ertränkte ich im Gin Tonic, aber jetzt, mit dem Katzenjammer, meldete sie sich unüberhörbar zurück. Als würde mich eine unsichtbare Hand genau dorthin lenken, steuerte ich ein bestimmtes Regal im literarischen Laden an, griff zu einem schmalen hellblauen Bändchen und fing an zu lesen. Ich weiß nicht mehr, wie ich bezahlt, ich kann mich nicht erinnern, wie ich meine Eisenbahn nach Hause wieder fand. Ich las und las und konnte nicht mehr aufhören damit. Hier erzählte eine Frau meine Geschichte, und ich verstand nicht, wie so etwas möglich war. In Schönefeld blieb ich noch so lange in der Mitropa sitzen, bis ich mit dem Büchlein fertig war. Dann holte ich tief Luft, nahm die S-Bahn nach Hause und schrieb am selben Abend noch einen Brief an die Autorin von "Teufels Zeug". Unfaßbar aus heutiger Sicht, daß damit der allererste Schritt in mein neues Leben bei offenem Visier getan war. Alles Große fängt mit einem winzigen Kinderschrittchen an.

Einige Jahre später fand mich der "Weg des Künstlers" der Amerikanerin Julia Cameron. Auf meinen Stadtspaziergängen las ich dieses Werk in kleinen Portionen. Mehr ging gar nicht!

Aus diesen Seiten wehte mich etwas an, das mir so vorkam, als würde Gott persönlich zu mir sprechen. Die Wirkung ertrug ich nur in Mini-Dosen.

Ich bin hungrig nach solchen Büchern. Die mich ergreifen, mitreißen, weiter tragen, wieder ein Stückchen voran. Mit der Zeit ist mir klar geworden, es muß kein spiritueller Meister sein, der so etwas geschrieben hat. Ich kann nie vorher wissen, ob sich der nächste Hinweis vielleicht bei Stephen King, Irene Dische, in der 12-Schritte-Literatur, der Eric-Clapton-Biografie, in einem Kinofilm oder im nächsten Fußballkommentar verbirgt.

A propos Fußball: Unsere Jungs haben gestern Abend ein Europameisterschaftsspiel gewonnen. Die Männer auf der

Piazza erzählen es mir, und ich habe es auch wieder gehört, an ihrem Gebrüll vor dem Bildschirm. Jedes Mal denke ich an meinen Liebsten, und wie er wenigstens diese Freude dort im Stadion hatte – wenn schon keinen Schlaf.

Noch eine halbe Stunde bis zum Abendessen. Ich gehe in die Bibliothek und suche die Regale ab. Ich hatte es schon fast vermutet und wundere mich nicht. Wo, wenn nicht hier, springen mich die für den Augenblick maßgeblichen Bücher förmlich an. Ein Angstbuch und ein Dämonenbuch, was im Grunde ja das selbe ist. "Die Angst in Kraft verwandeln" des Therapeutenehepaars Parasie. Sehr spannend; sie sprechen über das Phänomen der Angst aus psychologischer, biblischer und rein menschlicher Sicht; erzählen zwischendurch kleine Anekdoten, geben Zitate wieder. Ich bleibe sofort an einem hängen: "Wer sich den eigenen Abgründen nicht stellt, um statt dessen bequem und bürgerlich zu leben, der hat keine Vollmacht, weder als Seelsorger noch als Künstler." Das kann ich bestätigen, damit bin ich absolut einverstanden. Das Bändchen wandert unter meinen Arm. Mit dir, Büchlein, will ich heute Abend einschlafen. Und du, anderes, noch schmaleres Schriftstück, sprichst mich schon deshalb an, weil dein Herausgeber Anselm Grün heißt. Jener Mönch aus der Abtei Münsterschwarzach, den ich vor vier Jahren um Rat gefragt habe, als ich Meinungen über´s Heiraten einholte. Er hat mir auch tatsächlich geantwortet, zu geraten, wenn es wirklich Liebe ist. Warum sich nicht dazu bekennen! Das sagte meine innere Stimme auch. Jedoch, ich war so durch und durch verseucht von abfälligem Denken über die Ehe, daß ich gar nicht mehr so recht weiß, woher das eigentlich entstanden war. Ehe – ein Gefängnis. Ehe – eine Institution, die die Liebe mordet. Ehe – ein Pakt mit dem Establishment. Und so weiter und so fort. Dazu kam, der Gefährte und ich, wir waren ja jeder für sich bereits einmal verheiratet gewesen, und so pfiffen wir im Chor durch unseren Wald: "Diesen Fehler kann man ja einmal machen. Aber man muß ihn doch nicht wiederholen!"

Und nun war – ganz gegen meinen Willen – der Wunsch zu heiraten von innen gewachsen, in mir, in ihm. Noch immer spotteten wir: "Was für ein Glück, daß wenigstens immer Einer von uns beiden vernünftig bleibt, wenn den anderen die Romantik anfällt..."

Es half alles nichts. Irgendwann wußte ich: Ich wollte mich zu ihm bekennen, unmißverständlich. Wollte JA sagen, ohne Wenn und Aber. Gleichzeitig stieg die Panik in mir auf; siehe vorn, das Katastrophen-Denken. Und so übernahm mein pragmatischer Teil das Kommando, schrieb Briefe an Leute, die sich aus meiner Sicht "damit auskennen" mußten und lechzte nach ihren Antworten. Hör´ dir tausend Meinungen an, und dann bilde dir deine eigene, wußte ich aus meinen Gruppen des offenen Visiers. Psychotherapeuten, Pfarrer, Schauspieler, Kollegen, Freunde und Verwandte – sie alle mußten dran glauben und bekamen meine bangen Fragen vorgelegt. Entsprechend unterschiedlich waren die Entgegnungen. Aber da war mir dann auch schon bewußt, daß es die sein müssen, auf die meine Eingebung reagiert. Also zum Beispiel die von Anselm Grün, der unbedingt "dafür" war, obwohl er selber ja eher nicht in die Verlegenheit kommt, zu heiraten. Das spielte keine Rolle; ich vertraute ihm. Jetzt, da ich dies schreibe, bin ich länger als drei Jahre verheiratet, und ich habe es nicht einen einzige Tag bereut seitdem. Ganz im Gegenteil, mir ist eine Menge Kraft daraus erwachsen, und ich fühle mich mit dem Mann an meiner Seite in einem richtig guten Team. Ach, Worte! Ich würde es heute sofort wieder tun, ich sage jeden neuen Tag zu ihm ja.

"Der Umgang mit dem Bösen" heißt jenes kleine Buch, das ich jetzt aus der Moscia-Bibliothek zupfe. Die Mönche haben sich offenbar immer schon Gedanken darüber gemacht, was zu tun ist, wenn sie angreifen, jene Killerdämonen Angst, Wut, Groll, Neid, Gier oder Mißgunst. "Den eigenen Tiefpunkt zulassen, ihn nicht durch Ablenkung überdecken. Einfach in der Zelle bleiben und aushalten, so lange, bis sich der Monster-ansturm in Frieden und inneres Glücksgefühl verwandelt haben." Das leuchtet mir ein. Ich kenne sie, die inneren Reinigungen, die ich natürlich jederzeit auch mit irgend etwas verhindern oder zudecken kann, wenn ich das möchte. Es nützt nur nichts. Früher oder später muß ich es doch durchstehen, dann tut es weh, manchmal lange, stundenlang. Aber danach war es bisher immer eine Läuterung, ein Mich-Reinigen, ein lohnendes Durchge-pustetwerden.

Auch Anselm Grüns Buch nehme ich mir mit. Das ist nun genug. Zuviel Lesen verstopft die Kanäle, aus denen die eigenen Gedanken kommen sollen, hat Erwin Strittmatters, des berühmt-beliebten DDR-Schriftstellers, Großmutter gesagt, und sie hatte recht damit, wie so viele Großmütter recht haben und wir trotzdem gar nicht auf sie hören wollen, jedenfalls vor einem ganz bestimmten Alter, einer Lebensreife, nicht.

Hinter mir auf dem Fußboden juchzt jemand. Ein Babyjauchzer ist nichts Ungewöhnliches hier in der Casa Moscia, wo sich so viele Kinder tummeln. Was mich innehalten und mich umschauen läßt, das ist die tiefe, rauhe Stimme des kleinen Mädchens. "Sie wird sicherlich mal ein Rockstar oder eine Radiomoderatorin.", prophezeihe ich den jugendlichen Eltern, die neben der Krabbeldecke ihres Töchterchens auf dem Parkett knien. Die Mama liest ein Buch, der Papa spielt mit der Kleinen. Jetzt erst sehe ich, es ist meine Freundin aus dem Speisesaal, die aus dem Klemmsitz am Tisch gegenüber. Sie heißt Anna, erfahre ich jetzt, und sie ist acht Monate alt. Ich kann meinen Blick nicht von ihr wenden, hoffentlich halten mich die Eltern nicht für so eine aufdringliche *Duzi-Duzi*-Tante. Dieses Kind hat etwas, das mich magisch anzieht, und es scheint gegenseitig zu sein. Sie schaut mich an, will nach mir greifen. Ich lasse mich nieder und rede mit Anna. Sie nickt, bevor sie wieder ihre wundervoll rauchige Stimme hören läßt. Auf solche Frauenstimmen – und bestimmt entwickelt sich ihre dazu – waren die Chefs früher im Rundfunk ganz scharf. Heute scheint das nicht mehr so wichtig zu sein, denke ich mir, denn weibliche Sprecherinnen im Äther sind oft Co-Moderatorinnen und dürfen nur noch kichern an der Seite von Alpha-Männchen, die einen ganzen Sender tragen und ankern. Aber ich bin ungerecht. (Muß ich denn immer gerecht sein?) Natürlich weiß ich selber, daß es gerade in öffentlich-rechtlichen Fernseh-Highlights auch Frauen als Zugpferde gibt, die durchaus angenehme und eher dunkle als schrille Stimmen besitzen. Nur, daß in der Television halt wieder die Mädels schön sein müssen, während ihre männlichen Kollegen durchaus auch mal wie viereckige Nußknacker aussehen dürfen. Ich bin schon wieder ungerecht. Lassen Sie mich doch. Das hier ist mein Buch, hier darf ich sein, wie ich will.

Ach, süße Anna, wohin hast du mich nun wieder schweifen und abschweifen lassen! Du bist ein kleines Kind, das so viel Kraft und Würde um sich verbreitet, daß es mir den Atem stocken läßt. Ob wir alle zusammen zum Abendbrot gehen wollen, fragen mich Annas Eltern. Na klar, gut, daß ihr mich dran erinnert; ich hatte das Glöckchen gar nicht gehört.

Ich traue mich noch nicht zu fragen, ob ich Anna auf den Arm nehmen darf, aber ich würde gern, der Impuls ist ganz stark. Hinter der kleinen Familie steige ich die Treppen zum Essensraum hinunter, wir nehmen alle Platz und lassen uns vom Leiter des Hauses erzählen, was es heute wieder Köstliches gibt. Je mehr Kinder da sind, desto kürzer werden die Gebete.

»Im Sternbild Pinguin«

"Der Uranus steht im Triangel und die Glockenblume im Pinguin. Das ist der richtige Moment für mich, zu erscheinen.", sagt plötzlich jemand hinter meinem Stuhl, direkt in mein linkes Ohr und erschreckt mich so, daß ich beinahe die Knödel-Kelle hätte fallen lassen. Das kann nicht sein, es ist aber doch wahr. Am Grinsen der anderen sehe ich, sie müssen eingeweiht gewesen sein. Ich kenne die Stimme, ich kenne den Humor, ich kenne den ganzen albernen Mann. Im Umdrehen zieht es mir schon die Mundwinkel nach oben, und ich frage sinnloserweise: "Müßtest du nicht in Wien sein, auf dem Weg ins Fußballstadion?"

"Manchmal, ganz, ganz selten, hat auch der Homo Supportus frei.", erfahre ich aus erster Hand – was heißt "Hand"! – aus dem Mund des Geliebten, aus jenen vollen, weichen Lippen eben. Anna gegenüber hält es fast nicht mehr in ihrem Stühlchen. Sie weiß Bescheid, sie lacht röhrend und klatscht Beifall mit ihren dicken Händchen. Ist klar, Anna, du nun wieder. Nennst du das weibliche Solidarität, daß du jetzt den gesamten Saal auf uns, auf diese Szene aufmerksam machst? Schon sind wir Mittelpunkt, schon richten sich die Blicke aller neugierig auf uns, begehrlicher die Blicke der anwesenden Männer, als sie bemerken, daß der Neuankömmling in Plastik eingeschweißt eine Akkreditierung um den Hals trägt. "Er schaffet bei der Euro!", geht ein Raunen durch den Saal. Leuchtende Augen, bewundernd und auch ein wenig neidisch. Die Herren sehen ganz so aus, als wären sie jederzeit bereit, aufzuspringen, Weib und Kind in Moscia zurück zu lassen und jenem Fußball-dienenden Helden zu folgen, in jedes beliebige Stadion auf der Welt. Er schaffet bei der Euro. Wie können sie da schnöde Urlaub machen! Ich sehe schon einen Strom von Rauhen, Wilden, auf die Tribünen ziehen wie in einen friedlichen Krieg. Wie immer geht meine Einbildungskraft mit mir durch. Er ist ja wirklich hier. Ganz echt, in Fleisch und Blut, für mich zum Anfassen.

Ich wage es, mich vorsichtig zu freuen.

Wir haben ja wirklich noch einen sechsten Platz am Tisch frei, als hätte er auf ihn gewartet, und unsere Tischgemeinschaft komplettiert sich um den Herzallerliebsten, odddrrrr?! Es ist sein einziger freier Tag, und er hat sich sofort in die Schweizer Eisenbahn gesetzt, um *stande pede* zu mir zu fahren. Und hier ist er nun. Er darf in dem zweiten Bett in meiner Klosterzelle übernachten, falls es mir recht ist. Den Leuten hier ist es jedenfalls recht, auch das hat er schon geklärt. Unsere Eheurkunde hatte er schon in Berlin eingepackt, einer Ahnung folgend. Sicher ist sicher. Wir müssen aber kein amtliches Papier vorzeigen. Uns wird auch so vertraut.

Wie geht das nur? Die Sonne über dem Lago Maggiore strahlt ein wenig heller, seit er da ist. Ascona hat sich mir freundlicher zugewandt, während wir Hand in Hand hindurch spazieren; ich atme brustgeschwellter, seit ich ihm meine erkundeten Wege und Lieblingsplätze zeigen kann, als wäre ich längst hier zu Hause. Einträchtig klettern wir den Monte Veritá empor, den Berg der Wahrheit, der sich sanft und ernst über der Stadt erhebt. Manche Pfade erinnern hier ein wenig an die Thüringer Landschaft, den Kickelhahn bei Ilmenau vielleicht. Aber was jenem fehlt,

das besitzt dieser natürlich auf das Atemberaubendste:
Immer wieder eröffnet sich der Blick auf Seine Majestät,
den See. Mir ist, als werde ich für den Rest meines
Lebens nicht mehr von ihm loskommen. Meine ich jetzt
den Lago oder den Mann? Egal.

Es betrifft beide.

Auf der anderen Seite des Berges besuchen wir die
Madonna de la Fontana und laufen weiter durch Losone
bis an den Fluß Maggia. Auf solchen großen Steinen habe
ich als Kind gespielt, mit meiner Schwester, in wunder-
baren Tschechoslowakei-Urlauben. Auf solchen Fels-
brocken saß ich, malerisch dahin drapiert wie eine
Eidechse, und träumte von einer herrlichen Zukunft als
erwachsene Frau, die dazugehört und ihren Traummann
selbstredend gefunden hat. Das schien mir damals das
größte aller Probleme: Wie ich es schaffen soll, den
Einen, Richtigen, den einzig Passenden zu erkennen und
für mich zu interessieren, falls er sich mir denn zeigen
sollte. Der in diesem Moment neben mir auf einem Stein
sitzt, kommt dem Ideal von damals schon sehr nahe.
Allerdings mußte ich erst meine Ansprüche auf
bestimmte Äußerlichkeiten über Bord werfen, damit ich
ihn sehen konnte. Ach, was für eherne, fest gemauerte
Vorstellungen habe ich schon alles in den Orkus
geschickt, damit Platz für Neues wurde – und wie zäh
wollte ich jedes Mal am Wohlbekannten festhalten. Das
hat niemals funktioniert; ich mußte Menschen, Gedanken,
Weltanschauungen fahren lassen, um weiter wachsen zu
können wie eine Pflanze. Erst neulich dachte ich:
Komisch, jetzt, wo die Emanzipation der Frau in der
Politik angekommen ist, scheint sie mich schon wieder zu
verlassen. Jetzt, wo es zum guten Ton gehört, Kinder-

krippenplätze und die Vollbeschäftigung beider Geschlechter zu fordern, halte ich mich schon längst bereit für die hilfreiche Oma-Rolle, weil ich mit Bedauern sehe, daß die Kindergeneration noch mehr unter Druck steht als ich damals. Nehme ich die Unterstützung zweier Männer dankbar an, die meine Kunst mäzenatenartig unterstützen. Das mir, die ich immer alles allein hatte schaffen wollen, die ich mich selten anders sah als als Einzelkämpferin. Zehn Jahre Frauensendungen fürs Radio hinterlassen ihre Spuren! War es nicht ich, die gern und unermüdlich immer wieder flammend bereit war zu verkünden: "Macht euch bloß nicht von einem Mann abhängig, Weiber, wenn ihr als Menschen überleben wollt! Habt ein bisschen mehr Geld als er, und es wird funktionieren." Ich kann nicht gegen große Strömungen anrennen, ich nicht, als kleines Menschenkind. Seit ich mein Leben akzeptieren kann, so, wie es jetzt und heute ist, geht es mir besser. Es gäbe noch viel dazu zu sagen, Romane darüber zu schreiben. Und vielleicht tue ich das ja auch. Es ist ein großes Thema, und nicht umsonst haben Größere als ich – zum Beispiel Friedrich Engels – über die Lage der Frau in der Gesellschaft geschrieben, die sie als Seismographen für deren Reifegrad ansahen. Meine Oma und ihre Schwester, das Zimtorchen, drückten es einfacher, aber nicht weniger treffend aus: "Reeeecht euch doch nich uff! Wenn die Kacke am Dampfen und viel zu orbeeten ist, dann reden sie von der Gleichberechtigung, weil sie de Weiber ooch zum Zupacken brauchen. Wird´s eng, dann predigen sie uns, daß wir an den Herd gehören. Denk immer dran, im Herzen ruhig zu bleiben, wenn es mal wieder andersrum kommt."

Der Gedanke ans Zimtorchen tut gut. Sie ging Zeit ihres

Lebens niemals zum Arzt, heilte alle Wunden, vom aufgeschürften Kinderknie über Zahnweh bis hin zum gebrochenen Bein mit aufgelegten, selbst zurecht geschnittenen Läppchen. Die stapelte sie in ihrer Kammer – sie konnte kein Fitzelchen Stoff wegwerfen – und holte sie mit unergründlichem Blick hervor, sobald jemand ein Aua hatte. Ich weiß nicht, ob sie geheime Zaubersprüche kannte, jedenfalls wirkten ihre sorgfältig auf offene und verborgene Stellen drapierte Flicken, zusammen mit der Ausstrahlung ihres ganzen oft verspotteten Wesens wunder. Das Zimtorchen, meine Tante Frida, wurde hundert Jahre alt; ich habe den Verdacht, das war ihr Ehrgeiz. Danach hatte sie wohl keine rechte Lust mehr und ging zu ihrem Rudi auf die andere Seite. Wenn ich heute noch einmal mit den beiden sprechen könnte, ich hätte viele Fragen. Aber ich war wirklich dumm und unwissend und kanns nicht mehr ändern. Nun muß die Erinnerung, die ich besitze, genügen. Und das, was die Phantasie dazu spinnt.

Aber ich sitze ja immer noch mit dem Geliebten am Ufer des Maggia und genieße den schönen Nachmittag im Tessin. Wir denken jetzt nicht an morgen, wenn er in aller Herrgottsfrühe wieder aufbrechen muß; so früh, daß es noch kein Frühstück im Speisesaal geben wird. Er freut sich über die Caféteria mit ihrer Kasse des Vertrauens. So muß er nicht mit leerem Magen und ohne Koffein in seinen müden Adern in das nächste Fußballstadion fahren. Es wird aufregend genug; Österreich spielt gegen Deutschland um den Einzug ins Viertelfinale. Aber jetzt noch nicht. Jetzt tun wir so, als hätten wir ewig Zeit. Der Geliebte zeigt mir am Hang gegenüber die Centovalli-Bahn. "Damit mußt du unbedingt noch fahren. Von Locarno nach Camedo, eine herrliche

Strecke." Sie sieht mir etwas halsbrecherisch aus, die Linie und die Geschwindigkeit des Zuges, aber gut, ich werde es mir überlegen.

Wir schauen auf die Uhr. Jetzt wird es langsam Zeit, aufzubrechen, wenn wir noch rechtzeitig zum Abendglöckchen und zum Essen zurück sein wollen. Wir müssen ja alles zu Fuß gehen; es gibt keine S- oder U-Bahn wie in Berlin. Mir schießt der verrückte Gedanke durchs Hirn, daß ich jetzt gern in eine Straßenbahn einsteigen würde. Damit rumpele ich so gern durch die Gegend. Schreibzeug habe ich immer in meinem Rucksack dabei. So viel Zeit muß noch sein.

Wer uns von außen gesehen hat, der mag sich gewundert haben: Was tun die beiden da? Zwei erwachsene Menschen, die auf einem großen Stein hocken, die stark behaarten Köpfe zusammen stecken und irgend etwas kichernd schreiben. Wir entwerfen zusammen ein Gedicht. Hier ist es, inzwischen überarbeitet; es heißt „Meine Straßenbahn"...

"MEINE STRAßENBAHN":

Ich kauf mir eine Straßenbahn
und lege Schienen kreuz und quer.
Dann fahre ich, wohin ich will,
als ob das keine Mühe wär´.

Es rumpelt und es schaukelt sacht,
wiegt mich im Takt dahin.
Verbunden mit der Erde fast
Und doch darüber Königin.

Sie klingelt und dann rattert sie,
die gelbe Tante Bahn.
Sie eilt nicht. Sie braucht ihre Zeit.
Kennt nicht den Tempowahn.

Das soll mein Lebensrhythmus sein:
Langsam voran und stetig.
Mal holpernd, stotternd, hustend auch –
doch immer ganz verträglich.

... PS von IHM:

"Sie
kauft sich eine Straßenbahn.
Geht mich das eigentlich was an?
Ich könnt auf allen künftgen Wegen
Für sie ganz schöne Gleise legen...

(ClaraKatrin & Ralf Richter im Sommer 2008)

Uns bleiben ein Abendessen, eine Bank am Lago Maggiore, während es allmählich dämmert, eine Nacht in meiner Zelle, in der ich das gute Gefühl genieße, den Gefährten zu beherbergen.

Morgens stehe ich mit ihm auf und staune, wie lange ich weinen kann über seinen Abschied nach dem Überraschungs-Ankommen. Die Tränen kommen als Strom, der sich nicht stoppen läßt, sie fließen einfach so aus mir heraus, als gäbe es da drinnen gar keinen Widerstand zu überwinden. Ich kann nur ein Taschentuch unters Kinn halten, um sie halbwegs aufzufangen. Wie immer schäme ich mich, und versuche, mein aufgelöstes Gesicht vor den anderen zu verbergen. Aber Anna hat es längst bemerkt. Verständnisvoll reißt sie ihre schwarzen Augen auf und wiegt den großen Babykopf hin und her. Ja, Anna, du weißt es wahrscheinlich, so habe ich in meinem Leben nur einmal geweint, dafür aber ausdauernd. Als ich zehn oder elf Jahre alt war, kamen salzige Bäche für viele Wochen aus mir hervor. Ich weiß es bis heute nicht: Weinte ich über etwas, an das ich mich aus einem früheren Leben erinnerte? Weinte ich über die Vorahnung meiner in diesem Leben zu absolvierenden Übungen und Krisen? Oder wurde mir einfach bewußt, daß ich mich von etwas, jemandem trennen mußte – damals meinen eng geliebten Eltern – von dem ich mich ums Verzweifeln nicht trennen wollte?! So ähnlich wie jetzt, ein kleiner Tod.

Jetzt hätte ich gern eines von Zimtorchens Wunder-Heilungs-Läppchen. Oder noch besser: zwei. Eines für das Auge und eines für nördlich des Bauchnabels.

"Es ist doch nicht für immer," versucht Matilde, mich zu

trösten. "Du siehst ihn doch wieder." Ja, vielleicht. Hoffentlich. Zwischen uns liegen noch Tage, Fußballspiele, Stadien und Flugzeuge. Zwischen uns liegt meine Flugangst auch! Matildes Mann, der Stillere, schaut mich schweigend an. Wieder kommt er mir vor wie Eric Claptons kleiner Bruder, die selben Gesichtszüge. "Ich kann´s verstehen.", sagt er auf einmal, und ich bin so überrascht, daß ich fast erwarte, als nächstes wird er "Wonderful Tonight" anstimmen. Nein, bloß keine Musik jetzt. Dann gehe ich ganz und gar entzwei, da bin ich mir sehr sicher. Ich danke allen – auch dem Kind Anna – für ihre Freundlichkeit und dafür, daß sie mich (alte Memme) nicht auslachen. Dann sage ich, ich gehe jetzt spazieren. In meiner Zelle packe ich den Rucksack und freue mich darauf, vielleicht am Ufer zu Fuß bis nach Locarno zu gelangen.

Was ist denn das? In meinem blauen Wegbegleiter kenne ich mich aus wie in meiner Westentasche: Hier ist die Wasserflasche, da das Portemonnaie, dort Schreibzeug und die Schlüssel. Es knistert eine Tüte, die ich nicht kenne. Ich ziehe sie heraus. Sie ist aus dickem braunem Papier und verbirgt in sich eine weitere, aus Zellophan, und darin wieder ein Päckchen - wie eine russische Matrjoschka – eine Puppe aus buntbemaltem Holz – immer weitere Schwestern in sich verbirgt. Jetzt erkenne ich, was darin ist, und ich falle rückwärts auf mein Bett.

Der Liebste hat mir den seidenen Fabel-Kino-Rock in meinen Rucksack geschmuggelt. Jetzt ist er meiner. Keine Ahnung, wann und wie er das geschafft hat. Das Kleidungsstück erhält seine allererste Wäsche, ohne Seife und Lauge, dafür ziemlich mineralsalzhaltig.

»HUNDERT TÄLER UND STREICHHOLZBRÜCKEN«

Wenn es regnet im Tessin, dann regnet es erst einmal. Wo eben noch die Sommersonne und die ewig feucht-heiße Luft so selbstverständlich schienen, da tut sich plötzlich der Himmel auf, und nie wieder wird anderes Wetter sein, so meint man.

Es ist so naß draußen wie gestern in meinem Gesicht.

Die Rezeptionistin hat mir einen großen bunten Schirm geborgt. Seine Regenbogenfarben passen gut zum Rock, dem prächtigen, in dem ich nun dem Grau des Tages trotze. Schon seltsam, eine Frau in einem auffälligen Kino-Bilder-Gewand; und sie steigt wie selbstverständlich in die Centovallibahn, mitten unter die Wanderer, die – klobige Bergstiefel und imprägnierte Anoraks – von Locarno aus die Gipfel stürmen wollen.

Sie macht ihrem guten Ruf alle Ehre, die Schweizer Eisenbahn. Auf die Sekunde pünktlich fährt sie an, aus dem Untergeschoß des Bahnhofs durch einen Tunnel hindurch direkt in die wilde Welt der hundert Täler. "Setz dich auf die linke Seite.", hatte mir der Gefährte eingeschärft, und allmählich begreife ich auch, warum. Es ist die bessere Angstkonfrontation. Ich schaue direkt nach unten, bis in den Mittelpunkt der Erde, will es mir scheinen. In meinem Leben habe ich schon in einige Abgründe geblickt, und trotzdem ist die Haut nicht dicker geworden, die mich von meinen Befürchtungen trennt. "Du hast nicht zuviel Angst", wurde mir einmal gesagt, "du hast vor den verkehrten Dingen Angst!" Das ist wahr.

Ich schlotterte nicht vor der Vorstellung, mitten in der Nacht ins Café "Ulla" einzukehren, wo zwielichtige Gestalten am Tresen saßen und mich mit lüsternen Blicken taxierten. Ich hatte auch keine Panik davor, giftige Substanzen in mich einzulassen. Aber vor dem Leben selbst, da geriet ich außer mir. Mich schlicht dem Tag und seinen Menschen zu stellen, das erschien mir ein unüberwindliches Hindernis. Zum Glück, vorüber diese Zeiten. Jedoch, vergessen werde ich sie nie, darf ich sie auch nicht, wenn ich auf meinem guten Kurs bleiben möchte.

Vorsichtig verlagere ich mein Gewicht mehr auf die rechte Pobacke – so, daß es wenigstens ein Gegengewicht gibt, falls der Zug doch auf die Seite kippt und von da aus ins Erdinnere. Mir wird schwindelig angesichts der Tiefe, die irgendwo, ganz da unten, in einem reißenden Fluß endet. Wir bewegen uns scheinbar auf einem Drahtseil, denn ich kann links und rechts keine Schiene erkennen, keine rettende Böschung, nicht ein uns notfalls auffangendes Gestrüpp. Es geht direkt Hang abwärts, ungebremst. Aus dem Fenster kann ich auch schon um die nächste Kurve sehen. Wir werden doch nicht über diese Spielzeugbrücke, die ein kleiner Junge aus Zahnstochern für seine Modelleisenbahnanlage gebastelt hat... – Doch! Wir werden. Rätselhafterweise hält auch diese Brücke, und ich lege mich gekonnt in die Kurve. Genau wie jedes der wenigen Flugzeuge, in die ich mich jemals gesetzt habe (nur wenige Tage noch, dann sitze ich wieder in einem!), so "steuere" und lenke ich auch die Centovallibahn kraft meiner Muskeln, Sehnen und Nerven. Nur so kann ich es mir erklären, daß sie diese Fahrt heil hinter sich bringt und übersteht. Nach einer Dreiviertelstunde erreichen wir Camedo. Ich steige aus. Für heute bin ich am Ziel.

Inzwischen hat der Regen nachgelassen, das liegt sicher an der Höhe, die wir erreicht haben. Ich bin dankbar für den Regenbogenschirm und das Nieseln; mein einziges Paar Schuhe soll für den Rest der Reise trocken bleiben.

Camedo ist ein stilles Bergdorf. Hier scheint es nur Häuser zu geben, keine Menschen. Jedenfalls läßt sich keiner blicken, jetzt, um die Mittagsstunde. Es ist absolut nichts los an diesem Ort, um diese Zeit, und doch hat der einzige Beamte im Bahnhofs-Schalterhäuschen ein wichtigtuerisches Schild in sein Fenster gehängt: "Pausa. 12 bis 14 Uhr". Dahinter scheint er einen Fix-und-Foxi-Trickfilm im Fernsehen zu schauen, während er aus einem Blechgeschirr seinen Eintopf ißt. Er wäre jetzt für niemanden zu sprechen, das sehe ich sofort. Und wenn die Centovallibahn abstürzte. Nach 14 Uhr gern. Aber Pausa ist Pausa.

Der Weg nach oben in die Berge führt direkt durch die Hinterhöfe, Gärten und Sitzecken der Wohnhäuser. Zum Glück ist er mit rot-weißen Streifen-Symbolen bemalt, sonst hätte ich mich nie getraut, so nah am Intimbereich der Camedo-aner entlang zu wandeln. Noch dazu mitten in ihrer Mittagspausa, in der sie höchstwahrscheinlich alle schlafen oder Fix-und-Foxi gucken. Mir begegnet wirklich nicht ein einziger.

Oben erreiche ich einen Aussichtspunkt, der mich an viele, viele Aussichtspunkte erinnert. Kleine Stopps mit Wohnwagen, Autos, mit und ohne Kinder; als ich selber noch ein Kind war. So habe ich an vielen Stellen dieser

Welt gestanden, den Blick über ein Tal, einen Imbiß in der Hand. Jetzt ist es Ovomaltine-Schokolade. Ob die eigentlich unter irgend ein Drogengesetz fällt, so viele Inhaltsstoffe, wie sie enthält? Sie muß ja fit, gesund, erfolgreich und schön machen, mit all den Vitaminen, Mineralien und was-weiß-ich-sonst-noch-Ingredenzien. Wird mir nicht schon ein klein wenig schwummerig unter der Schädeldecke? Aber das ist wohl nur Einbildung, die alten Narben ziepen.

Eigentlich wäre ich nun gestählt für eine lange Wanderung. Alleine mag ich aber nicht. Und nicht mit diesem Seidenrock. Im Geist markiere ich mir diesen Punkt für eine spätere Reise zu zweit; dann wäre ich immerhin schon gut vorbereitet. Von hier aus läßt es sich bestimmt wunderbar ausschwärmen. Heute schwärme ich in Richtung Bahnhof zurück.

Auf halber Höhe, noch zwischen den Häuschen, überfällt mich auf einmal ein kleines Konzert. Gebannt bleibe ich auf der Stelle stehen, lausche. Es ist eine besondere Kirchenglocke, ein eigentümliches Glockenspiel. Volle vier Minuten hindurch ertönt in die stille Landschaft eine Komposition. Wehmütig scheint sie an die Endlichkeit des Lebens zu erinnern. In Mollklängen schwingt sie sich auf und ab, schneidet tief ins Gefühl, um am Schluß, immer leiser werdend, als hätte jemand die "Fade-out"-Taste zum allmählichen Ausblenden gedrückt, langsam zu verebben. Unwillkürlich muß man innehalten und kann jener beunruhigenden Musik nicht entfliehen. Ich denke an Krieg und Frieden und Versöhnung über viel zu vielen Opfern. Wenn dies eine Memento-Mori-Glocke sein soll, dann hätte sie ihren Zweck erfüllt. Viel mehr als große Worte, Museen oder Mahnmale rührt sie an tiefere

Dinge, stößt Wissen im Gehirn an.

Die ersten Menschen, die mir im mittäglichen Camedo dann doch noch begegnen, sind zwei Frauen Arm in Arm, eine jüngere, eine silberhaarige Alte. Mutter und Tochter vielleicht. Im Näherkommen verspreche ich mich, sage "Buona sera" anstatt "Buon giorno". Es ist ja noch nicht Abend, wir haben hellen Tag. "Verzeihung, ich übe noch.", sage ich zu den beiden Frauen. Die Ältere schaut mich freundlich an: "Ich übe auch! Die deutsche Sprache." – "Üben wir gemeinsam?", biete ich ihr an. "Ja, üben wir gemeinsam.", sagt sie. Und in ihrem Blick liegen Krieg und Frieden, die ganze Geschichte Deutschlands, Italiens, der Schweiz – alles miteinander. Wir beiden wildfremden Frauen, wir üben zusammen.

Ich glaube daran, daß kleine Gesten zählen; daß sie sogar ganze Völker verbinden können.

Der Eintopf ist gegessen, Fix und Foxy haben Feierabend. Der Schalterbeamte in Camedo sagt mir, wann die nächste Bahn nach Locarno zurück fährt, und das ist schon bald. Ich warte am Bahnsteig. Der Zug läuft ein, und binnen weniger Augenblicke komme ich von Beschaulichkeit und Ruhe mitten hinein in eine Schulklasse oder Jugendgruppe, auf jeden Fall ins volle pubertäre Menschenleben, und das ist hier nicht sehr viel anders als in Dresden, Köln oder Berlin. Wenn man 15, 16 ist und unter Seinesgleichen, entspannt unterwegs, da gibt's kein Halten mehr, da wird geblödelt, was das Zeug hält – und gegrölt vor Lachen. Diese hier denken sich gerade die Namen ihrer zukünftigen Töchter und Söhne aus, wie sie sie ihnen mit Stand heutiger Tag verpassen würden. "Nico und Tina" (hahaha). "Mario – Ana" (noch lauter hahaha).

Auch von der Ausgelassenheit des jugendlichen Völkchens stürzt die Centovallibahn nicht ab. Sie hält mehr aus, als man denkt; zerbrechlich, wie sie wirkt. Das haben wir gemeinsam. Verwegener richte ich meine neugierigen Blicke nach unten, mutwilliger taxiere ich die jeweils heran kommenden Streichholzbrückchen. Wieder eine kleine Hürde genommen!

Und es hat Spaß gemacht.

Jetzt möchte ich aber noch zur Quelle des Chefs und meine Wasserflasche nachfüllen.

»GLÜCKLICHER KLEINER JUNGE«

"Einfach mal det machen, wat jesacht wird.", befiehlt der breitschultrige junge Security-Mann vor dem Garten-Hotel "Giardino" den Leuten, die sich vor dem Haupteingang versammelt haben. Der machtbefugte Berliner, der die deutsche Fußballmannschaft abschirmen und beschützen soll, verliert jetzt ein wenig seine Contenance, denn die Leute drängen auf die Straße und achten nicht darauf, ob ein Auto oder ein Motorrad angefahren kommt. Die Menge will sich nicht so diszipliniert auf dem Bürgersteig aufstellen und warten, bis die Sportler ihren Bus entern, wie es der junge Wächter der Sicherheit im Sinn hat. Jetzt wird er richtig sauer. "Ick habbet euch jetzt oft jenuch erklärt, Piepels. Dann mußet eben anders funktionieren." Spricht´s, trommelt seine Kollegen zusammen und schleppt mit ihnen übermannshohe Aluminumgitter heran, aus denen sie eine Art spontanen Zuschauerkäfig bauen, um die Menschen in Schach zu halten. Niemand kann jetzt mehr verbotenes Territorium betreten. Die professorische Mauer steht in Ascona.

Ich rühre mich trotz des Zaunes nicht vom Fleck. Zufällig bin ich einem Strom gefolgt, einer Demonstration durch die Stadt. Wie auf geheime Zeichen bewegten sich die Leute in eine Richtung. Jemand schien etwas zu wissen. Daß die Fußballer jetzt, um diese Zeit, zu sehen sein werden und Muße haben vor ihrem täglichen Training. Vor mir liefen drei, Vater, Mutter, Kind. Andächtig trug der kleine Junge, schätzungsweise sieben oder acht Jahre alt, im besten Bolzalter, einen nagelneuen Fußball im Arm. Dieser Familie schloß ich mich an, neugierig, wie ich nun mal bin. So kam ich hier an, am schmiedeeisernen Tor des streng bewachten Hotels, und stellte mich einfach dazu. Ich machte mich unsichtbar und schaute mich um. Ein spaciges Fahrrad spielerisch hin- und her schiebend, krakeelen weiß und creme Gekleidete, die eigentlich vor allem selbst gesehen werden wollen. Einer mit Glatze, ein fitneßgestählter Sonnenbank-gebräunter; zwei gackernde Chicks, wasserstoff-erblondete junge Damen mit Miederchen und rosa gelackten Krallen. Schon klar, ihnen ist das Spektakel hier völlig egal; sie sind ja selbst die Promis – und ihr ausgehungerter Blick täuscht nur. Wenn sie bloß nicht so laut und präsent wären! Ich kann nicht über sie hinweg sehen, hören, spüren; sie drängen sich mir immer wieder ins Bild. Der Pseudo-Recke übt jetzt kleine Kunststück-chen mit seinem albernen weiß-silbernen Stadtrad auf winzigen Rädern. Er geht mir auf die Nerven und scheint noch nicht mal ein Reporter zu sein. Hätte ich ihm sein Gehabe dann eher verziehen? Vielleicht, denn von selbst ernannten Journalisten bin ich einiges gewohnt. Ich habe ja selbst mal versucht, mich in dieser Zunft durchzusetzen und bin grandios damit gescheitert. Mag sein, daß mein Urteil darum manchmal glashart ausfällt. Ich bin eben auch nicht besser als die meisten und beichte am liebsten die Sünden Anderer.

Vorahnung liegt in der Luft, die Körper um mich herum hinter dem Metallzaun sind bis in die Halswirbel angespannt. Handys und Fotoapparate werden schußbereit; Blocks, Unterarme, Mannschaftsfotos und Kugelschreiber parat gehalten. Da tut sich etwas gegen-über. Wo ist eigentlich der kleine Junge von vorhin? Irgendwo in der Menge muß er untergegangen sein.

Jetzt erscheinen sie in einer ganz bestimmten Rang- und

Reihenfolge: Zuerst der Co-Trainer, dann der Torhüter Lehmann, schließlich der Bundestrainer Jogi Löw – und ist das nicht "Schweini" Schweinsteiger? Er ist es. Schon wird gemunkelt: "Michael Ballack kommt gleich auch noch.", da heben sie den kleinen Jungen über die Absperrung, und sein Fußball wird von Spieler zu Spieler gereicht. Sie sind inzwischen alle da, bereit, in ihren Bus zu steigen. Aber am kleinen Jungen geht keiner vorbei. Er bekommt eine vollständige Unterschriftenliste auf sein schwarzweißes Leder. Na ja, Sie wissen es wahrscheinlich selbst: So selig sieht man selten Kinderaugen strahlen. Ich stelle mir vor, wie der selbe Junge so in siebzig, fünfundsiebzig Jahren tief Luft holt, um seinen Enkeln die Geschichte zu erzählen. Ich kann nur hoffen, daß diese zukünftigen Enkel dann verständnisvoll, gütig und geduldig genug sind, um nicht entnervt mit ihren Augen zu rollen, sich hämisch die Ellbogen gegenseitig in die Seiten zu rammen und zu spotten: "Der Opa wieder! Jetzt kommt er uns zum zweihundertsten Mal mit der ollen Kamelle von damals, als in Ascona alle deutschen Fußballer für ihn angetreten sind und Autogramme gaben."

Der Junge wird zurück gehoben, und da fällt mein Blick auf die Arroganten von vorhin. Ach, sie mal einer an: Auch sie haben jetzt Kinderaugen und freuen sich ganz einfach, natürlich.

Sie stehen nicht mehr unter Darstellungsdruck und rechnen sicherlich nicht damit, daß jetzt noch jemand auf sie achtet. Das eine blonde Mädchen sieht aus wie unterm Weihnachtsbaum, als Lukas Podolski einen Smiley auf ihren Handrücken malt. Und das Fahrrad ruht achtlos auf der Seite. Während sich der Recke mit Peer Mertesacker ablichten läßt. Lauter glückliche kleine Jungen und einige Mädchen um mich herum. Ist das nicht der Zauber des Fußballspiels, daß es uns alle aufs Ewig-Menschliche zu reduzieren vermag?!

Ich trolle mich, denn ich möchte im Hintergrund bleiben. Beobachterin, so, wie es mir am liebsten ist. Auf dem Spazierweg zwischen Golfplatz und "Giardino" zwinkert mir einer der Wachposten verschwörerisch zu. Einige Abende später werde ich ihm in einer Gruppe junger Leute begegnen und ihn nicht erkennen ohne seine Uniform. Er aber mich! "Buona sera" wird er sagen – und auf meinen verwirrten Blick hin: "Ich kenne Sie doch! Sie streichen andauernd um das Hotel der deutschen Fußballer herum."

So viel zur unsichtbaren Beobachterin im Hintergrund.

»TISCHGEMEINSCHAFT«

"Ihr müßt doch eigentlich alle mit einem Wahnsinns-Trauma herum laufen", vermutet Elsbeta, als wir nach dem Gemüseauflauf satt und träge noch auf unseren Stühlen sitzen bleiben. Aha, jetzt kommt ein DDR-Fossilien-Gespräch, denke ich. "Wir haben das ja alle gar nicht richtig mitbekommen", gibt Mila zu. "Ich meine, wir waren weit weg davon, sowohl räumlich als auch, daß wir uns das überhaupt nicht vorstellen können." Tja, da werde ich mich nun wohl anbieten und stellen müssen. Ich kenne das schon; an einigen Tischen stand ich Rede und Antwort zu meiner untergegangenen Republik. Sie bis zu Ende zu betrauern, das dauert sehr viel länger, als vermutlich nicht nur ich zuerst gedacht hatte. Vielleicht schaffe ich das auch nie, dem einen ordentlichen Abschluß zu geben, einen Strich drunter zu ziehen und nach vorn zu schauen. Nach vorn schauen schon! Aber das unter gegangene Land hat mich geprägt, das kann ich nicht leugnen. Ich habe schon Versuche hinter mir, diesen Teil meines Lebens von mir abzutrennen wie eine ver-glühte Raketenstufe. Nein, es geht nicht. Knapp dreißig Jahre ClaraKatrin waren das, und davor kannte ich nichts anderes.

Einer wie mir war doch schleierhaft, wonach meine Eltern sich so verzweifelt sehnten. Die Westverwandt-schaft, das Reisen in Landschaften, die sie schon gesehen hatten, die schönen bunten Dinge und die Weite. Im Kopf verstehen konnte ich das vielleicht grade noch – so, wie die Schweizer an meinem Essenstisch in Moscia jetzt auch versuchen, mich mit dem gesunden Menschen-verstand zu begreifen. Aber im Herzen war ich nicht imstande, das nachzuvollziehen. Heute – ja. Inzwischen habe ich selbst genügend Freunde im ehemaligen Westen, die möchte ich nicht missen. Und ich würde es auch keineswegs einsehen, könnte ich die Meetings des offenen Visiers auf der anderen Seite plötzlich nicht mehr aufsuchen.

Aber damals, damals war ich eben ein Vollblut-Kind der DDR und habe mich eingerichtet. Sie verstehen das, Matilde, Eric, Elsbeta und Mila. Ihnen gefällt auch nicht alles an ihrem Leben heute und jetzt, und sie wüßten nicht, was tun, wenn einer käme und sie inquisitorisch befragen würde: "Warum habt ihr nichts gegen die Arbeitslosigkeit unternommen? Die viel zu hohen Mieten? Den Tanz ums Goldene Kalb? Euch muß doch aufgefallen sein, daß es an allen Ecken stank in dieser Gesellschaft. Wart ihr etwa ‚nur' Mitläufer? Keine Widerstandskämpfer? Oh je, oh jemine, dann sieht es aber schlecht aus für euch, jetzt, wo es anders herum gekommen ist!"

Ich erzähle meiner Tischgemeinschaft vom großen Funkhaus Nalepastraße in Berlin. Eine eigene Stadt war das einmal, mit Buchhandlung, Zahnärztin, Psychologin auch. Mit eigener Sauna, Friseur, Konsum-Verkaufsstelle. "Komm mal schnell rüber, es gibt Bananen!", ging es oft wie ein Lauffeuer von Telefon zu Telefon, von Redaktion zu Redaktion. Und alle liefen hin, gönnten sich hinterher zur Belohnung eventuell noch einen Eisbecher im Café oder am Wasser, wenn die Sonne schien. Hier wurden erstklassige Hörspiele produziert, der Saal bietet eine einzigartige, mit weltbeste Akustik, heute noch! Alle Radiosender der DDR waren hier untergebracht. Wie zitternd trudelte ich hier ein, als ich siebzehn war und mich das erste Mal im – oh so berühmten – Haus zur Aufnahmeprüfung für ein Volontariat vorstellen durfte. Als ich mit anderen über die Gänge geführt wurde, lauschte ich den zu hörenden Stimmen: "Ob ich jemanden wieder erkenne? Und wie sehen die Gesichter aus, die zu den prominenten Klängen gehörten?" Es war unfaßbar, daß ich kleines Provinzmädchen tatsächlich hier war; daß sich ausgerechnet mir die Heiligen Hallen öffneten. Die ganze Welt stand mir damit offen. Und ich hatte – nachdem ich tatsächlich angenommen war, eine von acht aus über zweihundert – bis zur Rente ausgesorgt. So schien es jedenfalls damals. Kein Mensch hätte geglaubt, daß ein so riesiges, gewachsenes Funkhaus, daß diese ganze Stadt, mal ausradiert werden könnte.

Kollegen vom Hessischen Rundfunk oder vom ZDF schauten mich jedes Mal ein wenig verwirrt an, wenn ich ihnen davon erzählte. Sie haben ihre Enklaven noch, sie leben und arbeiten inmitten solcher Städte in der Stadt. Niemals im Leben könnten sie sich vorstellen, daß so etwas Großes einfach so zerbröckelt und dahin schmachtet wie das gute alte Funkhaus Nalepastraße in Berlin.

Einige Jahre hatte ich dort noch ein kleines Büro, in dem ich ungestört meine Radio-Features zusammen schnitt und –bastelte. Unschlüssig werden die ehemaligen Cutter-Räume an diesen und jenen vermietet; als Ateliers, Musikstudios, Lagerräume. Mal steigen die Kosten, mal wieder nicht. Andauernd wechseln die Eigentümer und Investoren. Unterdessen brechen sie alle nach und nach zusammen, die früheren Büros, Sendestudios, Schalt-räume. Ich weiß das, weil ich neulich erst dort war.

Zufällig oder nicht – jedenfalls blieben wir anläßlich eines Wochenendspaziergangs dort hängen. Die Tore zum Gelände standen weit offen, irgend ein Klangfestival war im Gange. Kein Mensch hinderte uns daran, über Trümmer und durch staubige Gänge zu wandern. Dort, wo ich einst voll des Adrenalins nachmittags die DT 64-Sendung moderierte, huschten Geister um die Reste der Technikpulte und die verwaisten Mikrofonaufhängungen. Ein Gespenst trug einen roten Minirock. Nein, Moment, das war eine junge Frau, ein wirklicher Mensch. "Bitte, nicht erschrecken", riefen wir einander zu. Dann stellten wir uns artig vor. Sie war mit ihrem Freund da und schien das Ganze als Abenteuer zu betrachten. "Was, ihr habt mal hier gearbeitet? Wirklich? Dann kennt ihr das, wie es noch intakt aussah? Ihr kennt das. Und ihr seid doch noch gar nicht alt!" Da war es wieder: Echte Ossis! Echte ehemalige Rundfunkleute! Unfaßbar. So wird der Mensch zum Zeitzeugen und merkt es gar nicht. Die beiden sind 29, genau so alt, wie ich war, als die Mauer fiel. Ein Ost-West-Pärchen; sie von drüben, er aus Karlshorst. Wir improvisieren für die beiden eine Führung, hatten gar nicht gewußt, was wir alles zu erzählen haben, wenn uns jemand interessiert zuhört. Ob wir nicht traurig sind, wenn wir all diesen sinnlosen Verfall sehen, wollen die Jüngeren wissen. "Nein, jetzt nicht mehr." Das war früher, und das ist vorbei. "Außerdem", sage ich, "habe ich mir letztlich das von hier mitgenommen, was am Ende zählt. Ihn hier.", zeige ich auf meinen Gefährten. Ein großer Teil unserer Liebesgeschichte spielt in diesem Funkhaus. Das werden wir beide niemals vergessen. Die heimlichen Verabredungen zum Kaffee. Die vergeblichen Versuche, uns einander aus den Herzen zu reißen. Die Einladungen zu Radiosendungen, die ich an ihn ausgesprochen habe, um ihm nahe sein zu können. Wir haben das Wichtige, das Bleibende von hier mitgenommen. So ist keine Trauer übrig. Vielleicht ein wenig Ratlosigkeit, Abscheu, angesichts all der Zerstörung hier.

Sie wollen alles wissen, die zwei Süßen, die mit uns über abgebröckelte Studioverkleidung klettern, alte Aufkleber von DDR-Rockbands abknispeln, Fetzen von Dienstplänen vom Boden aufklauben, sich gebührend fürchten, wenn sie schaudernd die dunklen Moderatorenkabinen betreten. "Das Manuskriptpult ist noch mit echtem Leder bespannt und läßt sich sogar hoch klappen!", freut sich der jugendliche Liebhaber und spielt mit dem Mechanismus. Im "Sockel", einem verborgenen Kantinchen im Keller eines der Blocks, finden wir noch das ganze alte Geschirr, weiß mit grünen Rändern. Ich glaube, das Mädchen aus dem Westen hat sich heimlich zwei Gedecke eingesteckt. Je länger wir die Räume durchstreifen, desto schwerer trägt sie an ihrer Umhängetasche. Sie kann sich nicht beruhigen über so viele herum wehende, stehende und liegende, achtlos weg geworfene Devotionalien.

In meiner alten Jugendradio-Baracke könnte man einen Gruselfilm drehen. Hier, wo wir die Welt verändern wollten mit unseren Ideen und ausgefeilten Abendsendungen. Wo wir uns die Köpfe heiß redeten – auch manchmal fast gegenseitig einschlugen. Wo der erste Kulturkollege sprach von einer Westreise und uns Faszinierten erzählte, wie ihn der Boden nicht mehr tragen wollte, als er einen Buchladen betrat mit seinem Überangebot. Hier, wo wir unsere Wunden leckten, wenn wir schmerzhaft an Grenzen der Machbarkeit stießen oder die allmorgendliche "Argu", die Große Linie, gesendet aus den Spitzen der Politik an uns Kreative, nicht einsehen wollten. Hier, an dieser Stätte unserer hoch schießenden Leidenschaften, ist nichts übrig geblieben außer Moder und Verfall. Wo die Decken herunter gekommen sind, suppt es durch Fladen gelben Isolationsschaumstoffs hindurch. Der Fußboden hat der Geschichte lange nachgegeben. Bei jedem Tritt müssen wir aufpassen, wo wir den Schuh hinsetzen. Wo noch Schreibtische stehen, ächzen sie unter Dreck und Wasser. Das Mädchen steckt sich, glaube ich, ein rotes Telefon ein, eins, mittels dessen Scheibe man noch Ziffern wählen mußte. Im Barackeneingang, in den Türen, die mal offen waren, mal geschlossen, wachsen junge Birken, wächst überall Moos. Aber wir sind nicht allein in jenen Zimmern, das spüre ich ganz genau. Sie sind alle noch hier, die verstorbenen und die überlebenden Kollegen; jene, die gescheitert sind am Großen, Ganzen, jene, die es auch zur neuen Zeit wieder geschmeidig oder wegen wirklicher journalistischer Brillanz geschafft haben. Es ist ein unheimlicher Ort. Alle meine Ängste hocken noch in den Ecken, die Schrecken, die mir Autoritäten einflößten. Wo sind sie nun geblieben? Diejenigen, vor denen ich mich so gefürchtet habe. Insofern ist dies auch ein Platz des Trostes. Ein Mahnmal dafür, daß davon am Ende nichts übrig bleibt. Scheinbar Mächtigere verschwinden einfach oder fallen dem nagenden Zahn der Zeit anheim. Ich hätte mich nicht so zu fürchten brauchen, aber wer hätte mir das damals sagen sollen! Nein, ich betraure diese Spielchen nicht. Es tut mir nicht leid um dies absurde Theater. "Ich muß hier weg. Ich muß unbedingt hier weg.", war das letzte, was ich auf diesen Gängen am Ende noch denken konnte. Ohne die geringste Ahnung davon zu haben, wo ich denn dann hin sollte. Die Zeit hat´s mir gezeigt, die Zeit und die Geschichte. Das ist es, wovon ich jetzt froh erzähle.

Irgendwann stehen wir wieder im Sonnenlicht, das jüngere und das ältere Pärchen. Lächelnd reichen wir uns die Hände, die zwei bedanken sich für die spannende Führung; wir verabreden noch einen Kaffee, nachher, gleich, drüben, wo noch Hörspiele produziert werden und darum alles halbwegs immer noch intakt ist. Wir wollen bloß schnell die Toiletten suchen. Als das erledigt ist, gehen der Liebste und ich Richtung Kaffee-Ausschank. Aber wir treffen sie nicht, die beiden 29jährigen Liebenden aus Ost-Karlshorst und West-Lichtenrade. Eigentlich hätten wir sie treffen müssen, so unübersichtlich ist es hier nun auch wieder nicht; es wimmelt keine Menge. Aber sie sind wie vom Erdboden verschluckt. Betreten schauen wir einander an. Hat es sie überhaupt gegeben?

Also, wenn wir sie nicht mit eigenen Augen alle beide gesehen hätten, wir würden jetzt glatt zweifeln – und tun es sowieso. Gab es sie wirklich? Oder waren sie uns nur kurzfristig erschienen, damit wir uns erinnern?

All dies berichte ich meiner staunenden Tischgemeinschaft, die mich nicht anzweifelt, nicht hinterfragt, die mich zu verstehen scheint. "Das gibt es so vielleicht nie wieder, ClaraKatrin", sagen sie. "So ein gesamtgesellschaftliches Experiment wird einzigartig sein, einmalig. Du warst dabei, warst mittendrin. Da mußt du einfach drüber schreiben. Hör bitte niemals auf damit. Die Welt braucht Autoren, die davon erzählen."

Na ja, wenn ihr das sagt.

Leb wohl, mein versunkenes Land und bleib ein Teil von mir. Man kann dich lieben, wenn man weit genug von dir entfernt ist. Im Tessin – oder beinahe zwanzig Jahre.

»ABSCHIED VON ANNA UND VON GERÜSTEN IM KOPF«

An ihrer Rockerinnen-Röhre habe ich sie erkannt. Sie gurgelt irgendwas, und als ich hochschaue, ruhen ihre schwarzen Scheinwerfer auf mir. Das Mädchen Anna, meine kleine Freundin. Sie streckt die Arme nach mir aus, und jetzt greife ich zu. Mit einem Blick auf ihre jungen Eltern versichere ich mich: Ja, ich darf sie halten. Uff, sie ist schwerer als ich dachte. Kompakte acht Monate und geballtes Menschenkindleben. Na ja, was hatte ich eigentlich erwartet. In ihrer Sprache redet Anna auf mich ein. Sie will sich jetzt von mir verabschieden, dolmetschen die Eltern, und mir sinkt das Herz. "Sie reisen schon ab?", frage ich überflüssigerweise, und das Nicken bestätigt es mir. Anna nickt auch, schaut ernster nun. Taxiert mich prüfend: Ob ich ihn auch aushalte, diesen Abschied? Anna weiß, nicht jeder Mensch auf dieser Erde ist so robust wie sie. Sie kam her, um zu helfen, um uns Schwache zu stützen. Aber sie kann uns nicht alles abnehmen, manches muß sie uns auch zumuten. Sie scheint zufrieden mit mir. Doch, sie erträgt es. Erleichtert atmet sie auf und kuschelt sich ein wenig enger an mich an. "Mensch, ClaraKatrin", sagt Annas Mama lächelnd, "Es ist total schade, daß Du nicht bei uns in Winterthur wohnst. Dich würden wir vom Fleck weg als Annas Kindermädchen engagieren." Anna blickt mir direkt und ohne Scheu in die Pupillen. Hoheitsvoll und wissend, wie eine wiedergeborene Cleopatra. Ich hätte überhaupt nichts dagegen, dir nahe zu sein, meine kleine Königin. Aber ich wäre mir gar nicht so sicher, wer dann eigentlich wen betreut.

Wir sagen "Tschüß", so heiter wir können, und versprechen einander nichts, speisen uns keineswegs mit hohlen Phrasen ab. "Vielleicht bald mal wieder hier, in Moscia..." oder: "Man sieht sich immer zweimal im Leben." Nein, wir täuschen uns nicht darüber hinweg, daß es das einzige, erste und letzte Mal gewesen sein könnte, mit ganz hoher Wahrscheinlichkeit sogar. Trotzdem, schon dieses eine Mal hat genügt. Ein Kind wie Anna kann ich nicht vergessen. Ich freue mich schon auf Enkelchen, die bestimmt ähnlich charismatisch sind. Dann habe ich vielleicht schon ein ganz klein wenig geübt.

Machs gut, Anna, und Dir ein schönes Leben noch.

Ich wende mich wieder meiner Tischgemeinschaft zu, die unterdessen ins Schwitzerdütsche übergewechselt hatte. Nun starte ich neue, umfangreiche Befragungen zu einem für mich unweigerlich heran dräuenden Thema: "Was hilft gegen Flugangst?" Kennt jemand ein Rezept? "Ich fliege nie. Ich habe auch Angst.", sagt mir Matildes Mann. Vielen Dank, das fällt aus. Ich habe mein Ticket schon in der Tasche, und es war teuer. Das lasse ich auf keinen Fall verfallen. "Es gibt da solche Kurse. Die Fluggesellschaften selbst bieten sie an." Ja, klar. Ich weiß. Jedoch, dafür ist keine Zeit mehr. In drei Tagen schon geht mein Flieger nach Berlin, und die möchte ich noch in meinem Nobelort Ascona verschlendern. Keine Zeit, keine Lust, keine Muße für irgend welche Lehrveranstaltungen.

"Gottvertrauen.", höre ich Mila nachdenklich vor sich hin sagen. "Eigentlich hilft nur Gottvertrauen." Wie sie das genau meine, frage ich. "Na ja, wenn deine Stunde da ist,

ist sie da. Ob nun im Flugzeug oder zu Hause im Bett. Wir meinen ja nur, wir hätten das unter unserer Kontrolle." Gottvertrauen, denke ich. Was für ein unzeitgemäßes Wort. Daß es mir nicht unmodern vorkommt, daß es mir – im Gegenteil – viel gilt, das hat mit meiner eigenen Geschichte zu tun. Ich bin mir noch nicht sicher, wieviel ich Ihnen davon preis geben will. Allzu bewußt ist mir, wie schnell so etwas schief gehen kann. Fernsehsendungen, Talkshows zum Thema Glauben scheitern fast immer daran, daß der menschliche Kopf jenen unsichtbaren Dingen nicht beikommen kann. Da wird gestritten und recht gehabt und der eine vom anderen für dumm erklärt – und das Mysterium ist ungreifbar geblieben, ganz egal, wie philosophisch und historisch schlau man sich ihm auch annähern wollte. Ein Glauben ist so intim wie eine Liebeslust. Keine zwei Leute leben sie genau gleich, und es ist unmöglich, einander intellektuell davon zu berichten.

Bei mir war es so... hatte ich Ihnen gerade berichten wollen, aber nun merke ich, es geht so nicht. Vielleicht nehme ich einfach wieder Zuflucht zum Märchen, das mir erlaubt, ein wenig Abstand zum Allzu Intimen (siehe oben, die Liebe und die Spiritualität) zu bekommen. Also noch einmal von vorn: Es war einmal ...

Es war einmal das Mädchen Chiara, aber die kennen Sie ja schon. Was sie nicht selbst erledigte im Leben, das wurde nicht erledigt. Daran gab es keinen Zweifel für sie. Man mußte sich anstrengen, und wenn man damit keinen wirklichen Erfolg hatte, eben noch mehr anstrengen. Falls das noch immer nicht half und zu nichts führte, dann eben ein drittes Mal die Ärmel hoch gekrempelt und die bereits verdoppelten Bemühungen wiederum verdoppeln. Sie kannte es nicht anders, denn in ihrer Familie waren sie weder evangelisch noch katholisch noch sonst irgend wie dem Unsichtbaren verbunden. Religion galt als Opium für das Volk, und daran gab es nichts zu rütteln. Chiara fühlte sich damit zwar manchmal reichlich verloren und allein, aber so war nun mal das Leben. Um ihm gewachsen zu sein, sollte der Mensch schon kräftig, durchsetzungsfähig und diesseitig sein. Punktum.

"Eigentlich schön für Leute, die glauben können.", hieß es manchmal. "Die haben es leichter als wir." Jedoch, wir waren nun einmal "die anderen"; jene Vernunftbegabten, denen das Glaubensgen nicht eingepflanzt worden war; die ausschließlich auf die Intelligenz zu bauen bereit waren. Und Intelligenz war das, was das Oberhaupt vorgab, im Haus und auf der Heide; im Zentralkomittee und auf dem Bildschirm. Punktum. Punktum. Punktum.

So wuchs Chiara auf, mit einem Loch im Herzen, und wußte nichts davon. Sehr viele Jahre später sollte sie erstaunt feststellen, daß in der vorvergangenen Generation noch inbrünstig gebetet worden war. Nanu? Wieso war davon nichts, aber auch gar nichts angekommen bei ihr, der Enkelin? Um sie paßgerechter fürs nüchterne, atheistische Ländle sein zu lassen? Damit sie nicht unangenehm auffalle, den Falschen nachrenne, gar in die Arme der Kirchen? Man wußte ja, was sagen und was tun, wie sich verhalten, wenn man es hier zu etwas bringen wollte. Schweig still, sprich nach, tue kund, was die Staatsbürgerkunde dir eingetrichtert hat.

"Ihr wißt ja, das Kind muß so reden.", entschuldigten sich die Verwandten angesichts einer langen flammenden Rede, die Chiara einer West-Tante gehalten haben mußte.

Das war ganz leicht gewesen, es floß nur so aus ihr heraus.

Es klang ja auch so logisch. Chiara hatte keine Mühe, diese Wissenschaft wieder und wieder anzuwenden, wenn es gewünscht wurde, gern auch seitenlang. Es schien so unwiederlegbar, so eindeutig, so hieb- und stichfest. Ein großer Teil in ihrem alten Schulatlas wies bereits rosa gefärbte Erdteile auf. Rosa für die Gebiete, die bereits an die kommunistische Logik zu glauben bereit waren. Es schien so unaufhaltsam auf dem Vormarsch, jenes Pink, daß der Rest der Welt vor trüben, dunklen Farben nur so zu stinken schien. Ach ja, Chiara hatte eine ganze Menge über die faulende, untergehende, kapitalistische Gesellschaftsordnung gelernt! "Den Sozialismus in seinem Lauf hält weder Ochs noch Esel auf.", wußte ja auch der Staatshäuptling zu stottern und zu radebrechen mit fistelnder Stimme.

A propos: Da fällt mir eine Anekdote ein, die Sie erfahren müssen.

Eines Tages kehrte eine Sekretärin in Chiaras erster Arbeitsstelle von ihrer Westreise zurück. Sie durfte dieses eine Mal fahren wegen irgend welcher kranker Verwandter oder aus einem anderen besonderen Grund. Verschwörerisch schloß jene Kollegin ihre Bürotür in der alten Baracke, so daß sie sich mit Chiara allein zu zweit im Raume wußte. Mit Rädelsführermiene griff sie in die Brusttasche ihrer Bluse, zog ein flaches, quadratisches, pastellbedrucktes Päckchen heraus und sagte: "Guck mal, Chiara. Von wegen "faulender, absterbender, stinkender Imperialismus. Das muß ein schöner Tod sein, wenn sie so was haben." Andächtig entfalteten die beiden jungen Frauen das zarte Plastikpäckchen, und können kaum glauben, was darin zum Vorschein kommt: Eine hauch-hauchdünne Damenbinde, hygienisch versiegelt, weich und doch extrem saugfähig. Die beiden schauen einander in die Augen, bevor die Sekretärin Chiara die kleine Kostbarkeit übergibt.

Sie denken an die Dinger, die sie bis dahin benutzen: Rauhe Zellstoffbretter mit Gazenetzen überzogen oder gar reine Wattestreifen aus der Drogerie, die fusseln und nichts aushalten. "Kannst du mal hinten gucken, ob ich ausgelaufen bin?", war die allgegenwärtige Bitte an Mitschülerinnen, mit der sie beide groß geworden sind.

Den alten Atlas besitzt Chiara immer noch, die rosa Territorien sind eingefroren auf dem Stand 1972. Sie sind nicht weiter voran geschritten, eher im Gegenteil. Die alte Gesellschaft hatte weder einen schönen noch einen schlimmen Tod, sondern feierte Sieg und fröhliche Urständ; jene Damenbinden werden immer neu erfunden, verfeinert, perfektioniert, beduftet, und frau kann gar nicht so viel menstruieren, wie sie die verschiedenen Farben, Formen, Fabrikate einkaufen müßte.

Die kommunistische Logik erscheint Chiara nun im Rückblick auch wie eine Art Gläubigkeit.

Sie braucht nur an ihren alten himmelblauen Pionierausweis zu denken. Ganz vorn, auf seine erste Seite waren Regeln gedruckt, die sehr ähnlich klangen wie die Zehn Gebote. Ein Junger Pionier hatte freundlich, hilfsbereit, sauber und ehrlich zu sein wie ein junger Christ. "Einen aufrichtigen Kommunisten unterscheidet gar nicht so viel von einem aufrichtigen Christen.", hörte Chiara ein ums andere Mal von den Leuten sagen. Drehen wir es nun hin oder drehen wir es her: Ihr jedenfalls nützt es nichts mehr, daran noch herum zu deuteln; sie ist durch das Leben selbst woanders hin geführt worden. Eines Tages mußte sie sich eine schwere Krankheit eingestehen, gegen die kein Kraut gewachsen war. Körper, Geist und Seele waren gleichermaßen von ihr befallen, und keine Tablette konnte dagegen etwas ausrichten. Intelligenz ebensowenig wie Analyse oder Gegentraining. Für Chiara erwies sich, daß nur etwas Größeres als sie selbst dieses Leiden von ihr nehmen konnte. Eines Tages war sie so weit unten angekommen, daß sie, die bislang Ungläubige, darum bitten konnte. Viel mehr konnte sie ohnehin nicht mehr.

Sie wußte vielleicht gar nicht richtig, was sie damals tat. Vielleicht wurde sie auch mehr gebetet, als daß sie selbst es getan hätte, kraft ihres Verstandes. Die Wahrheit ist: Erst im Laufe vieler Jahre wurde ihr bewußt, was mit ihr geschehen war. Eine Unsichtbare Kraft hatte sich freundlich ihrer angenommen, und sie möchte nicht mehr ohne diese sanfte Unterstützung leben, die immer da ist. Mehr gibt es darüber nicht zu sagen. Chiara brauchte keinen Mittler zwischen sich selbst und jener anderen Welt. Sie lag am Boden und wurde aufgehoben. Sie bat, und ihr wurde gegeben.

Und wenn sie nicht gestorben ist, dann lebt und glaubt sie so noch heute.

Das war der Grund, warum es mir nicht seltsam oder abwegig vorkam, auf einen Rat wie diesen zu hören: Gegen die Flugangst hilft das Gottvertrauen.

Ich war offen für solche Dinge, und ich schätzte sie nicht gering.

Wenn ER dieses Siechtum von mir nehmen konnte, kann ER höchstwahrscheinlich alles.

Ich dankte meiner Tischgemeinschaft und fühlte mich gestärkt. Aber die hatte noch etwas in petto. "Ihr überfliegt ja keinen Ozean.", fügte Matildes Mann noch einen Trost gegen meine Panik hinzu. "Ihr könntet also jederzeit überall notlanden." Danke, Eric oder Erics kleiner Bruder; dafür, daß du mich wieder auf den Boden zurück geholt hast.

»DU NIMMST DICH ÜBERALLHIN MIT«

Wer reist, der wechselt nur den Himmel. Er nimmt sich selbst überallhin mit. Das ist nicht von mir, sondern von Horaz, obwohl ich diese Entdeckung ja ebenfalls mache. In den Episteln des römischen Lyrikers heißt es wörtlich übersetzt so: "Den Himmel, nicht den Charakter, ändert, wer übers Meer geht." Die Tatsache erschreckt mich nicht mehr, ich kenne mich längst damit aus. Wenn ich spazieren gehe, dann laufe ich nicht vor mir weg, sondern zu mir hin. Auf dieser Reise ins Tessin hatte ich von Anfang an im Sinn, auch zu mir hin zu reisen, zu überprüfen, ob ich wohl immer noch "auf Linie" bin, so, wie ich diese Linie verstehe. Manchmal bezichtige ich mich nämlich selbst, verantwortungslos zu handeln, nicht wie ein erwachsener Mensch, der seine Brotarbeit tut und durchgängig für sich selbst aufkommt. Zu vage ist das Künstlerische und zu unbeständig. Aber die gute Nachricht ist: Nach diesen Tagen am Lago Maggiore weiß ich eines ganz sicher: Nicht zweifeln, sondern genau so weiter machen. Die Zweifel selbst sind das Hinderliche; meine Arbeit, mein ganzes Tun, ist es nicht.

Ich rede darüber mit Matilde, während wir ein wenig am Ufer des Sees entlang schlendern. Heute ist wieder so ein Tag, wie man ihn erfinden müßte, hätte ihn Mütterchen Natur nicht schon für uns erfunden. Sonne, blaues Wasser, der darin gespiegelte Himmel. Brissago ist über Nacht noch näher heran gerückt. Die kleine Insel strotzt vor explodiertem Wuschelgrün. Ich hätte die größte Lust, einmal um den ganzen See zu wandern. Aber dazu bräuchte ich wohl einen zusätzlichen Urlaub, weitere vier Wochen mindestens.

"Und wie machst du nun weiter, wenn du wieder zu Hause bist?", fragt mich Matilde von der Seite. "Genau so, wie ich es die ganze Zeit tue. Ich wechsele nicht den Beruf und schon gar nicht den Mann. Ich werde nicht mehr so streng nach hinten oder nach vorn preschen; ich werde zur Abwechslung mal mein Leben annehmen, wie es ist. Einen Rahmen, in den ich mich einpasse, aus dem ich aber auch das Beste versuche zu machen, was ich kann." "Das klingt vernünftig", nickt Matilde. "Im Grunde bleibt mir auch nichts anderes übrig. Natürlich wünschte ich, ich könnte ihn retten, meinen Sohn. Bewahren vor noch Schlimmerem, ihm einen Beruf verpassen, einen Platz im Leben, an dem er sich zu Hause fühlt. Den nur er ausfüllen kann. Aber da bin ich machtlos, und das ist vielleicht das Schrecklichste." Ich weiß, was sie meint. Jedes Mal, wenn direkt neben mir jemand traurig ist, einsam; wenn er oder sie auf die nächste Flucht zu geht und den Anfang seines Fadens nicht und nicht zu finden scheint, dann ist der Drang in mir ganz stark, zu helfen. Dann kommt die gute, alte Jungpionierin in mir wieder zum Vorschein – oder die verschollene Christin, was weiß denn ich – die dem anderen eine Stütze sein will. Ich darf doch nicht selber glücklich sein, wenn es der Nächste nicht ist!

Aber was hat der Nächste davon, wenn ich mit ihm gemeinsam Trübsal blase?! Nein, wir können einander bestenfalls ein Vorbild sein. Aber das Eigene muß jeder für sich selbst erledigen. So sieht das auch Matilde. "Weißt du, einmal, da hat er mir eine Geschichte gebracht, und ich dachte: Wahnsinn, wie schön. Ich muß sie an einen Verlag geben. Aber was hätte das genützt? Im nächsten Moment tobte er wieder oben in seinem Zimmer. Wir mußten den Notarzt holen und ihn ruhig stellen lassen. Stell dir mal vor, ein Lektor würde "Ja" sagen zu diesem Probetext, würde mehr von dem Jungen lesen wollen. Ich kann mich doch nicht darauf verlassen, daß er etwas tut für sich und seine Zukunft, ob er nun Bilder malt oder weitere Fabeln schreibt. Nein, so geht das alles nicht, und ich muß ihn lassen. Die Bücher hier in der Moscia-Bibliothek haben mir schon geholfen dabei. Jetzt fühle ich mich stärker als zuvor." Ob sie den Text dabei habe, frage ich Matilde. Sie greift in ihre Jackentasche. "Ich habe ihn immer mit dabei.", sagt sie und reicht mir zwei Blätter. Ich darf die Geschichte ihres Sohnes lesen, die vom Wolkenmann und dem Windkind. Sie dürfen auch. Hier ist sie:

"Einst lag ich auf einer grünen Sommerwiese und schaute in den blauen Himmel.

Dann schlief ich ein, und ich träumte...

Es war eine Landschaft aus lauter Wolken, große und kleine, helle und dunkle; sie waren – von klein zu groß – in Kreisen angeordnet.

In der Mitte standen viele Wolken dicht beisammen, während sie in den äußeren Kreisen immer weniger wurden, und schließlich, ganz am Außenrand, nur noch sehr vereinzelt vorhanden waren.

Die meisten Wolken mengten sich untereinander, begegneten sich und flossen wieder auseinander. Aber manche, am Rand, standen still. Und auf den Wolken lebten Leute, junge und alte, auch Väter, Mütter, Kinder. Sie hatten, vor allem in der Mitte, regen Verkehr miteinander.

Eine kleine dunkle Wolke, ganz weit draußen, bewegte sich schon lange nicht mehr. Auf ihr lebte ein Mann mit einem dunklen Bart, einem großen Schlapphut und einem griesgrämigen Gesicht. Den fürchteten die Leute und mieden ihn. Wenn ihre Wolken an seiner vorüber mußten, machten sie einen weiten Bogen darum, und deshalb sahen sie nicht, daß seine Augen unter dem Schlapphut sehr traurig waren. Und sehr oft in den Nächten, in seiner Hütte auf der dunklen Wolke, weinten diese Augen in Schlaflosigkeit.

Dieser Mann hieß: Immer Allein.

Eines Tages, als Immer Allein auf seiner Wolke vor seiner Hütte saß, grimmig aussah und – was man eben wieder nicht erkennen konnte – traurig schaute, flog eine helle Wolke dicht an der seinen vorüber, und er wunderte sich sehr. Auf dieser Wolke waren zwei ältere Leute, Mann und Frau, und ein junges Mädchen. Die Familie schien ihn nicht zu kennen oder gar zu fürchten, denn sie flogen so nah wie sonst niemand an ihm vorüber. Und das Mädchen hatte langes, dunkles, gelocktes Haar, mit merkwürdigen, aber sehr reizenden grauen Strähnen darin, und es lachte zu ihm herüber und winkte ihm freundlich zu. Da wollte Immer Allein etwas sagen, aber sein Mund war verschlossen, und die helle Wolke flog weiter, der Mitte entgegen. Sie entschwand, aber seine eigene Wolke bewegte sich nicht, keinen Millimeter.

Da wurde ihm das Herz sehr schwer, und er fühlte sich einsamer denn jemals zuvor.

In der Nacht darauf lag Immer Allein wach in seiner Hütte und war zunächst sehr zornig auf sich selbst und seine Einsamkeit, aber dann weinte er bitterlich, weil seine Wolke schon so lange still stand und sich auch jetzt nicht bewegte.

Da ging plötzlich ein Wind wie ein leises Raunen durch seine Hütte, und in dem Wind war eine Stimme, die wisperte, und Immer Allein erschrak sehr. Er brüllte: "Wer da?!" – Und die Stimme sprach: "Ich bin das Windkind, ich sehe deine Traurigkeit. Ich bin gekommen, um dir zu helfen." – "Ach, mir kann keiner helfen, meine Wolke bewegt sich nicht.", sagte Immer Allein. "Am besten, du verschwindest wieder. Laß mich einfach allein."

Aber das Windkind sprach: "Ich kann dir helfen, denn ich kann dich bewegen. Du mußt nur fest daran glauben." Da wunderte sich Immer Allein sehr und staunte und versank für eine Weile in Gedanken. Schließlich sprach er: "Wie geht das – glauben?"

Doch das Windkind war verschwunden.

Da schrie er und weinte erneut bitterlich, und schließlich tat er, was er nie gelernt und nie geübt hatte: Er fiel auf die Knie und betete. Das Gebet war ein einziger langer Schrei und nichts anderes als der innige Wunsch, "Etwas" möge sich bewegen.

Schließlich fiel er in einen unruhigen Schlaf.

Ein Rucken in seiner Hütte und an seiner Wolke weckte ihn. Er stolperte hinaus vor die Tür und sah mit schlaf verklebten Augen in der Morgendämmerung, daß seine

Wolke heller geworden war; daß sie sich immer noch mehr aufhellte und – ja! – sich bewegte.

Er ließ sich voller Verwunderung am Rand seiner Wolke nieder und bemerkte erstaunt und dann voller Freude, daß seine Wolke sanft schwebte. Sie schwebte unaufhaltsam in das Innere der Wolkenkreise, auf das Leben und die Freunde zu. Und Immer Allein jauchzte, und sein Herz war voller Freude.

Er dachte an das Mädchen mit den grauen Strähnen im Haar, und ob er sie wohl treffen und wiedersehen würde. Und er wußte es nicht, aber er glaubte es plötzlich, glaubte ganz fest daran, und das freute ihn noch mehr.

Und ich erwachte!"

Am Ufer des Lago Maggiore gebe ich Matilde die beschriebenen Seiten zurück und sage kein Wort. Schweigend verabschieden wir uns – ich weiß, sie will noch ein wenig auf der Piazza sitzen und lesen – und ich laufe in mein Ascona hinüber. Es zieht mich auf den stillen Weg zwischen den Villen hindurch, der mich direkt zum Lido führt, zum großen Strandbad, das so sorgfältig gepflegt ist mit seinem Golfrasen und den einladenden Liegen überall, daß ich denke, der Eintritt muß sehr teuer sein. Der Eintritt ist frei, lese ich baß erstaunt auf einem großen Schild, und so trete ich ein. Badesachen habe ich keine dabei, aber meine Unterwäsche könnte auch ein Bikini sein, dunkelgraues Höschen und weißrosa Neckholder-also Nackenhalter-BH. Meine Jeans falte ich als Liegedecke zusammen, das Kleidchen als Kopfkissen beziehungsweise als Po-Abstützung. Denn nun beginne ich, mit Blick auf den See, einige Yoga-Übungen zu tun. Sie ergeben sich ganz natürlich hier, wie

von selbst. Ich muß nicht über ihre Reihenfolge nach-
denken, und ich habe keine Show für die anderen Strand-
besucher im Sinn. Ich übe ganz für mich allein, und jetzt
verstehe ich, was so anders ist, wenn Yoga in der freien
Natur, noch dazu in der Nähe eines mächtigen Wassers,
praktiziert wird. Man wird eins mit den Bäumen und den
Wellen und der Luft. Ich bin nicht länger losgelöst von
ihnen mit meiner menschlichen Vernunft. Auf einmal
füge ich mich ein, passe mich an und bin nicht länger von
allem getrennt. Will nichts mehr beherrschen oder besser
wissen. Ein Teilchen unter lauter anderen Teilchen. Was
für ein schönes, herrliches Gefühl. Erfrischt stehe ich
irgendwann auf – ich habe keine Ahnung, wieviel Zeit
vergangen ist – und tunke probeweise meinen rechten
großen Zeh in den Lago. Auf Schwimmen habe ich jetzt
keine Lust. Ich atme den Duft des Wassers, spüre seine
Kühle, und das ist mir genug. Ich freue mich schon auf
das Weiter Schlendern, bis zum Yachthafen, wo es eine
Trattoria gibt, in der ich mir "Uno Espresso, prego!"
bestelle, nachdem ich – italienischer als jemals zuvor –
"Buon giorno!", geschmettert habe.

An mir vorüber geht ein Mann, der mir zuzwinkert.
Warum denn das? Kenne ich ihn? Die Glatze, diese
vollen Lippen, das schöne, ausdrucksstarke Gesicht ... –
es ist mein Bus fahrender Yul Brunner vom ersten Tag!
Jetzt erkenne ich ihn. "Sie sehen wie neu aus!", lacht er
über die Schulter zu mir zurück. "Der Lago Maggiore hat
Sie schon verwandelt. Buon giorno, Senora." Ich freue
mich, daß er das sagt. Ich fühle es ja selbst.

Ich bin verwandelt worden. Aber nicht in etwas anderes,
sondern viel mehr zu mir selber hin.

»SANKT GOTTHARD UND DIE ALTE DAME«

In Ascona werden jetzt bereits die Bühnen für das bevorstehende Jazz-Festival errichtet. Fußball und "die Euro" sind schon wieder abgehakt. Die Schweiz ist eh längst draußen. Was nun noch spannend ist, spielt sich jedenfalls hier nicht mehr ab. Falls es überhaupt ein leichtes Fieber war, hat es sich abgekühlt.

In meiner Klosterzelle Nummer 59 habe ich ein allerletztes Mal den Fensterladen aufgestoßen und dabei gebührend mit meinem Dekolleté gewogt. Wenn ich mal wieder hierher kommen sollte, werde ich dies kleine Kämmerchen, diese herrliche Einsiedelei ganz sicher nicht gegen ein Balkonzimmer mit Wasserblick eintauschen, wenn ich nicht unbedingt muß – oder, wenn ich nicht bis dahin meine Meinung geändert haben werde. Wissen kann man das ja nie. Was interessiert mich mein Geschwätz von gestern, sollen schon Berühmtere als ich gesagt haben. Zum Schluß habe ich mich auf den wenigen Quadratmetern einmal um meine eigene Achse gedreht, das Bett, den wackeligen Schreibtisch und die rostroten Bodenfliesen in mich aufgenommen, hab mein Gepäck gewuchtet und die Holztür hinter mir zu gezogen.

Die Abschiede haben wir nicht in die Länge gedehnt, Matilde und ihr Mann, Elsbeta, Mila, all die herzlichen Leute in der Casa Moscia. Wozu auch. Man muß nichts dramatisieren, das doch klar ist: Entweder sehen wir uns mal wieder, vielleicht sogar hier, vielleicht auch nicht. Eine Weile werden wir noch parallel über die Erde wandeln und dann eben nicht mehr. Wir sind erwachsen, wir wissen das, und darum nehmen wir es hin. Wir wünschen einander das Allerbeste, dem anderen wie sich selbst, und dann zieht jeder von dannen. "Danke, daß du so offen warst.", sagen sie mir noch. "Mir kommt es vor, als hast du uns die Botschaft der DDR-Wendezeit gebracht. Ich habe viel gelernt von dir.", behauptet steif und fest Elsbeta. "Hör bitte niemals auf zu schreiben.", bittet mich Mila. Nein, ganz bestimmt nicht. Bis der Deckel über mir zu geht und sie mir mit Macht den letzten Griffel aus den steifen Fingern winden müssen.

Ein paar Stunden danach sitze ich im Zug und freue mich auf die Fahrt, von der mir schon viel vorgeschwärmt worden ist. Von Eisenbahnern in der eigenen Bekannt-schaft weiß ich, dies hier fand sogar Eingang in ein Buch namens "Die schönsten Bahnstrecken Europas"! Es ist heller Mittag, und ich werde alles sehen können. Nicht wie auf der Hinreise, als ich sie verschlafen oder durch Übelkeit verpaßt habe, die atemberaubende Ansicht des Sankt Gotthard Massivs und seiner Umgebung von den Schienen aus. Nun wird alles anders werden. Nicht ein-mal auf die Toilette traue ich mich zu verschwinden, solche Angst habe ich, etwas zu verpassen.

Wer weiß, wann ich das nächste Mal hierher komme – und ob überhaupt.

Also reiße ich meine Augen auf, neige meinen Hals leicht nach links und versuche, ihn ein wenig zu verlängern. Kann ja sein, daß ich die Schluchten und die steilen Felsen dann ein, zwei Sekündchen früher sehe als die anderen Passagiere.

Genau so langsam, wie ich mein übliches Leben los-gelassen habe auf der Herfahrt in die italienische

Schweiz, wachse ich nun wieder hinein. Die Bahn eignet sich hervorragend dafür, denn sie braucht ihre Zeit – fast wie meine gelbe Phantasie-Straßenbahn aus dem Gedicht am Fluß – und ich erspüre jeden Augenblick der Fahrt. Während ich noch spähe und spähe, langer Hals und um die Ecke gucken durch das zum Glück nicht Graffitti-zerkratzte Fenster (nicht auszudenken das, in diesem Land, womit wir in Berlin mehr oder weniger gleichmütig leben müssen), steigt in Faido eine kleine alte Dame zu, die höflich fragt, ob der Platz mir gegenüber noch frei sei. "Hoffentlich will sie nicht reden.", denke ich und nicke ihr zu, so freundlich ich kann. Ich müßte netter sein, das weiß ich ganz genau, die kleine Lady wirkt so fein und wohl erzogen. Aber mich stört Gesellschaft im Moment, und wahrscheinlich hat sie das gemerkt. Adrett zupft sie ihren Rock und die dünnen weißen Haarsträhnen zurecht, nachdem sie sich gesetzt hat. Dann zieht sie – ich fasse es kaum! – eine riesengroße weiß umrandete Siebziger-Jahre-Sonnenbrille aus ihrer Handtasche hervor; ja, so ein Fliegenauge aus der Flower-Power-Zeit, und tauscht sie umständlich gegen ihre unauffällige Sehhilfe aus. Ich muß ein Lachen unterdrücken. Zu süß ist dieser Anblick. Das winzige Weiblein mit seinen artig im Schoß gefalteten Händchen, vollen, garantiert nie mit Botox unterspritzen Lippen, den anmutig hervor stehenden Wangenknochen und jener wüsten Brille auf der kindlichen Stupsnase. Sie hat das Gestell aufgesetzt, als drapiere sie ein Kleinod. Nun verzieht sie nicht eine Miene, schaut zum Fenster hinaus, aber ich habe den Verdacht, daß sie wenigstens mit einem Auge mich betrachtet hinter ihren dunklen Gläsern.

"Überall Schulkinder, ist Ihnen das aufgefallen", fragt sie wie nebenbei. Ich habe es geahnt, im nächsten Moment stecken wir mitten in einem Gespräch. "Die Ferien beginnen bald, wahrscheinlich haben die Lehrer überall Ausflüge geplant in den letzten Tagen." "Ja, bestimmt.", gebe ich ihr recht. Vor den Fenstern wird es jetzt sehr elementar. Es geht tief nach unten und himmelhoch nach oben. Bald werde ich noch höher sitzen als die allerhöchsten Alpengipfel, denke ich bang an meinen Flug. Andererseits: Ich bin mit keinem Boot gekentert, ich bin auch nicht in die Hundert Täler gestürzt. Was soll einer kühnen Globetrotterin wie mir schon passieren! Höchstwahrscheinlich werde ich – Gipfel der Tapferkeit – demnächst sogar wieder Fahrstuhl fahren können. (Nur zum besseren Verständnis: Ich steckte mal in einem fest und schloß für fünfundvierzig Sommerminuten mit meinem Leben ab, machte letzte zitternde Inventur. Nur die Sache mit Rosalie hätte ich noch bereinigen müssen, dachte ich an die einzige offene Stelle in meinem Leben; die, wo es noch nicht zu einem neuen, erwachseneren, vielleicht innigeren Miteinander zwischen Mutter und Tochter gekommen war. In allen anderen Punkten fühlte ich mich sauber. Da war nichts unerledigt geblieben, so weit ich es an diesem Tag erkennen konnte.

"Hören Sie das? Draußen kreischen spielende Kinder.", sagte die Frau, die mit mir in dem Blechkasten gefangen war. "Und so wird das auch sein, wenn wir gestorben sind.", sinnierte sie weiter, als noch gar nicht klar war, ob wir das hier überleben würden. "Die Welt wird sich einfach weiter drehen und sich nicht um uns scheren." Wo sie recht hatte, hatte sie recht. Wir wurden befreit, mit Selters versorgt, getröstet und liebkost, aber einen Lift habe ich seitdem noch nicht wieder betreten.)

Zurück in den Zug am Sankt Gotthard.

Ich nippe an meiner Plastikflasche, die das letzte Quellwasser des Chefs aus Ascona enthält. Das Schild auf dem Bahnsteig draußen zeigt Airolo an. Das klingt fast wie Feriolo, noch weiter südlich am Ufer des Lago Maggiore. Das Fitneßstudio meiner Schwester heißt so, aus gutem Grund. Ein Lieblingsort, ein Herzensplatz, der sie in ihren Arbeitsalltag begleiten soll. Jetzt, wo ich die Magie des Sees aus eigenem Erleben kenne, verstehe ich ein wenig besser, was sie immer meinte, als sie so davon geschwärmt hat. Vielleicht fahre ich dort auch noch hin, nach Feriolo, wer kann das wissen. Jetzt, wo eine neue Tür für mich aufgestoßen ist, kann ich mir so Einiges vorstellen. Airolo jedenfalls ist die letzte Station vorm Sankt Gotthard-Tunnel. Auf den bin ich gespannt.

"Sie haben Ferien gemacht, ja?", bohrt die Zwergin mit der Fliegenbrille in mein Kommunikationszentrum. Mein "Ja" ergab natürlich alle weiteren Fragen. Wo denn und warum dort – und wie das gewesen sei. Ja, so müsse der Mensch Urlaub machen, stimmte sie meiner Methode hell begeistert zu. So ohne festen Plan, so beschwingt und inspiriert. Also, ihre Tochter und der Schwiegersohn, die überließen gar nichts dem Zufall. Sie wollen wieder nach Griechenland, und da steht jede einzelne Minute schon im Voraus fest. Alles übers Internet gebucht; jedes Hotelzimmer, jede Sehenswürdigkeit, jedes Restaurant. Das wäre ihr nichts; sie bräuchte mehr Luft zum Atmen. Aber in ihrem Alter verreise sie ohnehin nicht mehr. Ob ich mal schätzen wolle, wie alt genau sie sei? Lauernd forscht sie in meinem Gesicht herum, schiebt sogar die Fliegenbrille etwas weiter nach vorn, auf die zierliche Nasenspitze. "Na, vielleicht so 69 ...", rate ich vorsichtig. "87!", schmettert sie mir triumphierend entgegen. "Das hätten Sie jetzt nicht gedacht.", freut sie sich und erzählt mir gleich ihr ganzes Leben zur Belohnung. Ursprünglich stamme sie aus der Tschechoslowakei, ob ich die noch kenne. Im Gebirge sei sie oft gewandert, schon als Kind, das macht fit fürs ganze Leben. Später ging sie in die Schweiz, ja, das war möglich, einer Liebe sei Dank. Nach dem Prager Frühling habe sie sich nie mehr so recht wohl gefühlt in ihrem Heimatland. Aber wie lange das alles her ist. Nun ist sie allein und macht eben ihrs. Heute fährt sie zu einer Freundin, die nicht mehr so kann wie sie selbst. Jeder bleibt nicht so gut beieinander. Klar.

Es wird dunkel. Der Sankt Gotthard-Tunnel. Eine kleine Völkerwanderung zum WC setzt ein. Anscheinend wollten auch die anderen Passagiere lieber die Natur anstaunen als auf ihre Blasen zu hören. Jetzt aber! Nun ist ja sowieso nichts zu sehen.

Als es wieder hell wird im Waggon, schnarcht die kleine Dame gegenüber leise vor sich hin. Wenn sie mich nicht raffiniert täuscht, dann ist sie tatsächlich ein wenig eingeschlafen.

Mit der Grazie eines Ufa-Filmstars erwacht sie und räkelt sich im Sitz zurecht. "Ein schönes Kleidchen haben Sie da an.", weist sie mit Kennermiene auf mein Reiseoutfit. Über den Jeans trage ich das rosa-weiß gestreifte, das in einem braven Volant über die Hüften fällt. Nur der genaue Beobachter erkennt, daß aus dem Taillenbund mit Gummizug ein kleiner violetter Totenkopf hervor lugt samt gekreuzten Knochen. Ich bin zwar lieb, aber auch gefährlich, signalisiert der, und genau aus diesem Grunde habe ich das Teil für sieben Euro fünfzig erworben. "Ziehen Sie sich bitte weiterhin so verrückt an.", sagt die Dame im Aufstehen, denn nun erreichen wir ihren

Zielbahnhof Schwyz. "Meinen Sie wirklich?" – "Aber sicher!", bestätigt sie mit verwegenem Blick, denn inzwischen hat sie ihre große Sonnenbrille abgenommen, ordentlich zusammen geklappt, in der Tasche verstaut und wieder gegen die normale, weitsichtige ausgetauscht. "So muß man leben, daß man sich selber wohl fühlt, und nicht danach, was die anderen von einem denken." Na ja, wahrscheinlich werde ich wohl nicht mehr lange leben, denn schließlich fliege ich heute Abend noch mit einem echten Flugzeug. Ich muß es laut gesagt haben, denn jetzt ergreift sie meine beiden Hände, zieht mich hoch, bevor sie mir ernsthaft schräg von unten in die Augen schaut: "Jetzt passen Sie mal gut auf: Es wird alles gut gehen. Sie werden an die hundert Jahre alt. In allen möglichen auffälligen Kleidern – gesund und fröhlich. Ich weiß das."

So, wie sie das sagt, besteht daran kein Zweifel. Sie winkt mir noch einmal zu, verschwörerisch, dann ist sie fort. Und ich habe noch eine knappe halbe Stunde Fahrt vor mir bis zum Flughafen Zürich.

»FLUGHAFEN ZÜRICH«

Manchmal sagt eine offenbar recht lebensmüde Stimme
in mir: "Ich will sterben." Aber das kann ja so nicht ganz
stimmen. Wieso sollte ich sonst Flugangst haben?

Nein, ich hänge ganz schön sehr am Leben und an
meinem eigenen ganz besonders.

Nun will ich sie mir einmal ganz genüßlich ansehen,
diese Furcht, in einen metallenen Vogel zu steigen und
rasant, rasant in meine Heimatstadt zurück zu düsen. Fünf
einsame Stunden liegen vor mir, auf diesem gigantischen
Flughafen Zürich, der über mehrere Etagen geht und
dessen Ebenen breit und unabmeßbar sind wie Auto-
bahnen. Das kommt jetzt nur Ihnen viel vor, dreihundert
Minuten allein mit mir an einem fremden Platz. Mir ist
nicht langweilig, ich habe gut zu tun mit mir selbst und
all den vielen Eindrücken. Noch dazu heute, wo ich so
eine gewichtige Selbsttherapie vor mir habe. Nein, nein,
Zeit ist für mich relativ, und nun werde ich wieder zu
dem dicken kleinen Mädchen auf ihrem Steinchenhaufen,
das dort abgesetzt wird und lange mit den Kieseln spielt
oder ihnen einfach nur zusieht. Gott weiß, was im Kopf
dieser Kleinen vorgeht. So ganz von dieser Welt scheint
sie jedenfalls nicht zu sein.

Ich brauche kein Programm und keine action; ich bin mir
wirklich selbst genug. "Du bist ja sowieso nie ganz
allein.", sagt gern der Liebste und meint meine unsichtbaren Begleiter. Oder er will mich foppen, dieser wilde
Junge. Das gelingt ihm aber nicht. Auf dem Ohr bin ich
taub und lasse mich nicht ärgern. Zu sehr genieße ich es,

daß ich Stunden mit mir selbst verbringen kann. Und so erkunde ich das Areal, nachdem ich meinen Kofferturm schon mal eingecheckt habe. Womöglich, um mir auch den letzten Fluchtweg abzuschneiden. Jetzt habe ich keine Ausrede mehr. Eingecheckt ist eingecheckt. Bezahlt ist bezahlt. Nun wird geflogen, fertig, aus. Jedenfalls in fünf Stunden. Bis dahin sehe ich mir dieses Riesenkaufhaus an, ein Wichtelmann im Gulliverland. Wie immer schaue ich in beide Richtungen, nach innen und nach außen.

Dort sitzt Matilde mit zwei Bodyguards. Nein, es ist nicht Matilde, wie sollte das auch gehen! Es ist die wirkliche Pianistin, die mit Wölfen spricht, Hélène Grimaud. Sie schaut mich so an, als hätte sie auch gerade eine Zeit mit jemandem verbracht, der mir ähnlich sieht. Eine Weile verfolgen wir einander aufmerksam mit Blicken, dann bin ich fort, über die Rolltreppe nach oben. Ich habe Appetit auf Kartoffelbrei mit Sauerkraut, merkwürdig genug, und da – tatsächlich – finde ich so einen Stand. Senf gibt es auch, und ich genieße meine Mahlzeit. Nein, jetzt will ich nicht denken, "Henkersmahlzeit"!

Satt und mit Adrenalin im Blut wie früher vor einer live-Moderation im Fernsehen wende ich mich in Richtung Besucherterrasse. Sie haben hier eine sehr ausladende, aber wem erzähle ich das, ich sagte Ihnen ja bereits, ich befinde mich als Zwerg im Riesenland. So jedenfalls versuche ich, mit meinem Lampenfieber umzugehen, indem ich über diese stadiongroße Betonfläche lustwandele. Ich setze mich auf eine Bank und schaue den startenden Fliegern hinterher. "Es ist nicht wahr, daß ich mich bald auch in so ein Ding hinein setze...", denke ich, und will es doch. Auf der Terrasse wird gerade ein Fest vorbereitet, das am Wochenende stattfinden soll. Hüpfburgen für die Kinder werden aufgeblasen, Stände zusammen geschraubt, Hostessen im Alter meiner jugendlichen Tochter in ihre Aufgaben eingewiesen. Es muß also ein Leben nach meinem abendlichen Berlin-Flug geben, wie tröstlich.

Ein Fest kann ich mir hier gar nicht so richtig vorstellen, mitten im Dröhnen der Motoren und der Zugluft von allen Seiten. Aber was soll's, es sind die Schweizer, und die werden schon wissen, was sie tun. Da habe ich Vertrauen. Eine Nation, die seit hundertsechzig Jahren keinen Krieg geführt hat, muß einfach sehr vieles richtig machen.

Ich spüre Durst auf eine Cola und betrete das Selbstbedienungsrestaurant auf der Besuchertribüne. Natürlich ist die dunkle Brause teuer, aber ich meckere nicht. Ich gebe ganz bewußt meine letzten Franken aus. Warum nicht für ein wenig hummelsüßes Koffein.

Die Kassiererin sieht aus wie ich vor – na, sagen wir, zwanzig Jahren. Sie spricht auch so wie ich damals, mit Thüringischem Dialekt, und an ihrem Kittel klemmt ein Namensschildchen: "Katrin". – "Ich heiße auch Katrin.", verkünde ich ihr ungefragt. "ClaraKatrin." Als sie lächelt, fühle ich mich wohl ermutigt. "Und komme aus Thüringen. Sie doch auch, oder?" Ja, sie stamme aus Jena. Was sie denn dann hier mache, so weit fort von zu Hause. "Ich habe hier Arbeit gefunden. In der Gastronomie hat das Seltenheitswert. Wo ich wohne, ist nicht daran zu denken, schon gar nicht zu dem Lohn wie hier." Ich erfahre, daß der Nachtzug von Sonntag zu Montag rappelvoll ist, der von Weimar nach Zürich. So viele

Gebirgler, besonders die Jungen, nehmen lieber das in kauf und sind gern Gastarbeiter in der Schweiz, als daß sie zu Hause Depressionen kriegen, keine Perspektive für sich sehen. "Und warum fliegen Sie dann nicht? Das geht doch sehr viel schneller, und so viel teurer kann es auch nicht sein?"

Nein, Fliegen, das sei nichts für sie, sagt die jüngere Katrin. Da sei sie lieber länger unterwegs und dafür sicherer. Ich schlucke ein wenig härter an meiner Cola. "Ich habe eigentlich auch Angst vorm Fliegen.", gebe ich zu. "Aber heute will ich mich dem stellen, gerade deshalb." – "Ach, so ein Projekt ist das!", nickt die Jenenser Katrin und schaut eigenartig zu mir hin. Ich frage lieber nicht nach, lasse ihren Satz so hängen in der Luft der öden Gaststätte. Wir wünschen einander, was man so wünscht und vielleicht sogar ehrlich meint. Dann gehe ich und drehe noch ein paar weitere Runden über den Beton. Allmählich dämmert der Abend heran. In Moscia bimmeln sie jetzt zum Nachtessen. Wehmütig sehe ich besonders das üppige Salatbüffet vor mir. Das wird jetzt ohne mich geplündert.

An den Ohren zu gestöpselte, Handy-phonierende Autisten stürmen leeren Blicks an mir vorüber. Wer so die Welt durcheilt, spürt nicht die Aura eines anderen. Die feinen Nervenenden, die sonst von Natur aus summend anschlagen würden, wo der Eine dem Nächsten zu nahe tritt, sind taub und stumpf. Das menschliche Alarmsystem ist außer kraft gesetzt. Schade, denke ich oft. Wie viele Liebesgeschichten bleiben wohl ungeliebt, weil beide sich einfach nicht sehen, hören, riechen. Weil sie gleichzeitig hier und doch woanders sind, am anderen Ende der Strippe, des I-Pods, in einer Konferenz. Ich bin schon wieder in der Großstadt angekommen, hier am Züricher Airport. Die Langsamkeit und Höflichkeit vom Tessin gehören bereits der Vergangenheit an.

Herz zerspringend erreiche ich den Vorhof zum Himmel und sitze mit anderen künftigen Passagieren auf Plastik-Schalensitzen, blättere wie sie in bunten Zeitschriften, ohne etwas zu lesen. Jeden einzelnen Schritt durch die kilometerlange Schleuse zähle ich mit, und dann bin ich wirklich drin, im Flieger. Wie immer, wenn ich aufgeregt bin, fange ich Gespräche mit wildfremden Leuten an. Einer Frau mit offenem Gesicht zeige ich mein Flug-ticket:

"Wo ist denn meine Reihe 40?", frage ich sie hilflos um Rat. "Das heißt nicht 40", erklärt sie mir geduldig; "das heißt 4 D!" Aha. Ach so. Vielen Dank auch. Mit Brille wäre das nicht passiert. Nun sitze ich direkt neben ihr und lasse sie nicht zu ihrem Roman kommen. Wie ein Wasserfall sprudele ich los. Sie erträgt´s und bleibt freundlich.

Dann spricht der Kapitän. Ein Zeitfenster müsse abgewartet werden, wir stünden noch zwanzig Minuten. "Jetzt könnte ich noch gehen. Jetzt ist vielleicht die aller-letzte Gelegenheit.", will Panik in mir hoch steigen. Aber ich bleibe, wo ich bin, falte unauffällig meine Finger, atme tiefer. Gottvertrauen, raunt meine Tischgemein-schaft mir zu, und ich lasse alle Lieben vor meinem geistigen Auge vorüber defilieren, die auch schon mal geflogen sind, obwohl sie sich ängstigten oder auch nicht, und die heil wieder unten ankamen. Wieso dann nicht auch ich! Ja, wieso eigentlich nicht.

Wir starten, und wie üblich liegt die Verantwortung dafür, daß wir gut abheben, ganz allein bei mir. Ich spanne alle Muskeln an, und – ja, ich habe es geschafft! Wir steigen und steigen.

Irgendwo unterwegs in zehntausend Metern Höhe kommt mir der Gedanke: "Ob das überhaupt meine Angst ist, die vorm Fliegen? Oder wieder eine aufgesammelte, angelernte, nicht wieder fort gegebene?"

Irgendwo unterwegs beginne ich, das Fliegen schön zu finden. Es ist kaum zu glauben, aber ich genieße es sogar ein wenig. Und dann ist es da. Jenes Gefühl, loszulassen und sich selbst abzugeben. Meinen sie das mit Gottvertrauen? Ich werde ganz bereit, die Dinge geschehen zu lassen. "Herr, dein Diener legt sich nieder, wenn du ihn brauchst, dann weckst du ihn wieder."

Will sagen: Hast du noch etwas mit mir vor, soll ich noch mehr Bücher schreiben oder sonst etwas erledigen, dann passiert sowieso nichts Schlimmes. Und wenn nicht; wenn ich bereits genug getan habe, tja, dann...

Wir kreisen schon über Berlin. Das ging ja schnell. Unter mir explodiert ein Feuernest. Ein zweites. Was ist da los, in meiner Stadt? Noch ein, zwei Sekunden, dann steht unter uns alles in Flammen; helle Sprühfontänen, rote, grüne, silberne, goldene Sterne. Silvester im Juni? Aber das wäre doch wirklich nicht nötig gewesen, daß sie mich nach bestandener Flugangstprüfung nun gleich so überschwänglich empfangen, mit grandiosem Feuerwerk! Auf einmal gellt ein Schrei durch die Kabine: "Ich werde wahnsinnig: Deutschland ist im Halbfinale!!!!" Das ganze Flugzeug bricht in Jubel aus, alle klatschen und führen sitzende Freudentänze auf. Ein wenig hart landet der Pilot die Maschine. Sicherlich tanzt er auch im Cock-pit.

Als wir am Gepäckband warten, erzählt mir die freundliche Dame von vorhin noch rasch ihre ganze Lebens- und Liebesgeschichte. Wochenends pendelt sie zwischen Zürich und Friedrichshain hin und her, aber das geht auch nicht mehr lange so weiter, es schlägt sich allmählich empfindlich in Herz und Portemonnaie nieder. Es ist unser letztes stilles Niemandsland. Kaum durch die Schleuse, betreten wir einen Hexenkessel. Berlin im Fuß-ball-Freudentaumel, und zwei Arme mittendrin, die sich mir öffnen, mich empfangen. Der Liebste, einen Tag vor mir wieder zu Hause, hat das Spiel zum Glück beim Auf-Mich-Warten im Terminal sehen können. Nicht auszu-denken sonst.

EPILOG

Der Gefährte und ich, wir brauchen viele Spaziergänge, um unser Leck zu stopfen; um all den Gesprächs- und Erzählbedarf zu stillen, der ungesprochen, unerzählt geblieben ist, während er was-weiß-ich-wo in den Fußballstadien und ich was-weiß-ich-wo rund um Moscia und Ascona unterwegs gewesen sind.

Zu zweit sehen wir das allerletzte Spiel der Europameisterschaft im Fernsehen und trauern mit den Fans, als es nicht klappt mit dem Pokal. Wir schalten die TV-Kiste aus, wollen zur Friedhofsrunde aufbrechen, anstatt uns die finalen Analysen und schlauen Kommentare der Besserwisser anzuhören. Da klingelt das Telefon: "Noch so´n Spiel, Mama, und du mußt mir Stammzellen für neue Stimmbänder opfern!" Des Sohns Gebrüll konnte den Sieg der Deutschen auch nicht retten. Den Spaniern sei´s gegönnt.

Mitten auf unserer größten Kreuzung sitzt ein heulender Fußball-Fanatiker in voller Montur; Trikot, Schal und Schnapsflasche. Jetzt will er nicht mehr leben, schreit er alle an, und sollen sie ihn doch ruhig überfahren. Sein Kumpel und wir beide hieven ihn mehr schlecht als recht aus der Gefahrenzone. Nüchterner wird er davon aber auch nicht.

So ist es nicht das letzte Mal gewesen, als ich mich vor vier Wochen so ausführlich von unserer Wohnung, aus unserem Alltags-Lebenstrott verabschiedet habe. Wir bekommen eine neue Chance, und wir nutzen sie, so gut wir es verstehen.

Aber tun wir das nicht alle?!

Wir sehen uns im nächsten Buch. Bis dahin Ihnen alles herzlich Gute. Nicht aufgeben. Es lohnt sich.

EIN PS:

Autor der Geschichte vom Wolkenmann und Windkind ist Klaus S.. Ich kann ihn nicht mehr fragen, ob ich sie hier aufnehmen durfte, aber er stellte sie mir zur Verfügung, und ich habe gute Gründe, davon auszugehen, daß er sich über die Veröffentlichung freuen würde.

Ansonsten sind einige Teile der Handlung und die meisten auftretenden Personen in diesem Buch von mir frei erfunden. Ähnlichkeiten mit lebenden oder bereits verstorbenen Menschen sind rein zufällig und von mir ganz bestimmt nicht beabsichtigt.

Beim Arbeiten versuche ich mich immer wieder daran zu erinnern, was es war, das mich damals als Kind und junges Mädchen zu Büchern Zuflucht nehmen ließ. Ich las "kette", damit ich tröstlich in die Seelen anderer Empfindsamer schauen konnte und mich nicht länger so allein fühlen mußte. Es ist wichtig, daran zu denken, damit ich nicht zu zweifeln beginne, ob ich mich Ihnen und Euch wirklich so offen zeigen sollte. Ja, ich soll! Es ist nur ungewöhnlich während eines ganz bestimmten Zeitgeistes. Ansonsten nämlich nicht.

Ich danke allen, die an mich glauben und in jeder Lebenslage bereit sind, mir auf vielfältige Weise den Rücken zu stärken. Ohne Euch ginge gar nichts, das wißt ihr.

Katrin Panier-Richter, im Herbst 2008

Katrin Panier-Richter

STADTSTREICHERIN

Spazierbilder

Es gibt kein Problem, das sie beim Spazierengehen nicht lösen kann.

Ob sie sich ärgert, verliebt ist, nicht mehr ein noch aus weiß - die „Stadtstreicherin" zieht ihre Wanderschuhe an, streift ihren olivgrünen Parka über und natürlich einen Kuschelschal.

Dann bricht sie auf, geht zu Füß durch Berliner Großstadtkieze, schaut auf Menschen, Tiere, Zeitgeister und in ihre eigene Seele.

Wenn Sie mehr erfahren wollen über das „Zitzeln", das „Muddeln"; was einen Loslass-Spaziergang von einem Brot-Spaziergang oder gar einem Spaziergang interruptus unterscheidet, dann finden Sie Antwort und Inspiration in diesen Texten und Gedichten

ISBN: 978-3-8370-4066-1

144 Seiten Paperback
Books on Demand
10,00 EUR